大
方
sight

嚎叫的 磨坊主

Arto Paasilinna

［芬］阿托·帕西林纳 著
张志颖 译

中信出版集团 | 北京

图书在版编目（CIP）数据

嚎叫的磨坊主 /（芬）阿托·帕西林纳著；张志颖译. -- 北京：中信出版社, 2025.1. -- ISBN 978-7-5217-7003-2

I. I531.45

中国国家版本馆 CIP 数据核字第 20246FS161 号

Ulvova mylläri copyright © The Estate of Arto Paasilinna
First published in Finnish with the original title *Ulvova mylläri* in 1982 by WSOY, Helsinki, Finland
Published in the Simplified Chinese language by arrangement with Bonnier Rights, Helsinki, Finland and Grayhawk Agency, Taipei, Taiwan
Simplified Chinese translation copyright © 2025 by CITIC Press Corporation
ALL RIGHTS RESERVED
本书仅限中国大陆地区发行销售

嚎叫的磨坊主
著者：　　[芬]阿托·帕西林纳
译者：　　张志颖
出版发行：中信出版集团股份有限公司
　　　　　（北京市朝阳区东三环北路 27 号嘉铭中心　邮编　100020）
承印者：　嘉业印刷（天津）有限公司

开本：880mm×1230mm　1/32　　印张：7.875　　字数：158 千字
版次：2025 年 1 月第 1 版　　　　印次：2025 年 1 月第 1 次印刷
京权图字：01-2024-5040　　　　　书号：ISBN 978-7-5217-7003-2
定价：48.00 元

版权所有·侵权必究
如有印刷、装订问题，本公司负责调换。
服务热线：400-600-8099
投稿邮箱：author@citicpub.com

目 录

第一部 疯子的磨坊　　1
第二部 被困的隐者　　111

法文版译者按　　245

第一部

疯子的磨坊

第 一 章

战争刚结束时，镇上出现了一位高个子男人，自称贡纳尔·胡图宁。与其他从南方游荡而来的人不同，他并没有去林业厅寻一份开挖沟渠的工作，而是买下了凯米河上苏考斯基急滩旁的一座旧磨坊。在旁人看来，这是个轻率的决定，因为那磨坊自二十世纪三十年代起就变得破败不堪而被弃之不用了。

尽管如此，胡图宁还是付清了上家开出的价格，搬进了磨坊。乡民们，尤其是苏考斯基磨坊主联合会的会员们，听说了这笔买卖，全都笑出了泪。世上显然不缺傻子，他们你一言我一语地议论着，哪怕战争已经弄死了大批蠢货。

那年夏天，胡图宁修好了磨坊里加工木瓦板的锯具，然后在《北方新闻》上刊登了一则广告，说磨坊提供木瓦板加工业务，诚实可靠，童叟无欺。自那以后，镇里所有的粮仓屋顶都铺上了苏考斯基磨坊切割的木瓦板。在胡图宁那里加工的木瓦板比工厂生产的沥青毡便宜六倍，话说回来，自从德国人把拉普兰夷为平地后，沥青毡就很难搞到了，各种建材都成了稀罕物。有时你得交上价值等同十二磅黄油的物资才能在村子的商店里换上一卷屋顶毡，店主特尔伏拉对各种商品的市场价可是再清楚不过了。

贡纳尔·胡图宁身高近六英尺三英寸[*]，有着棕色的直发和瘦削的面庞。他下巴凸出，鼻子很长，眼睛凹陷，额头虽高但形状扁平。他颧骨突出，脸型狭窄，耳朵虽大，但紧贴着脑袋，并不招风，显然在他还是婴儿的时候，大人小心翼翼地看护过熟睡的他。如果小孩生着一双大耳朵，不能让他们自己在小床上翻身，母亲们必须时不时地帮助幼儿翻身，以免他们长成招风耳。

贡纳尔·胡图宁又高又瘦，身板笔直。走路的时候，步伐至少是常人的一倍半。如果在雪地里行走，他的脚印看上去像是常人奔跑时留下的。下第一场雪的时候，他为自己劈了一副长长的滑雪板，竖起来能有普通屋檐那么高。他穿上滑雪板，在雪地上留下宽直的轨迹。由于体重轻，他会让滑雪杖有节奏地稳稳插入雪地，因此从留下的滑雪杖痕迹判断，人们就能立刻知道是胡图宁路过。

没有人确切知道他究竟来自何方，有人说是伊尔马约基，不过还有人碰巧知道，实际上他是从萨塔昆塔来到拉普兰的。但也有可能是莱蒂拉，或者是基考伊塞特。一次，有人问他如何搬到北方来了，磨坊主说，他在芬兰南方的磨坊被烧毁了，大火还让他的妻子丧了命，保险公司什么都没有赔付。

"他们自己都被火烧毁啦！"贡纳尔·胡图宁边说边看了发

---

[*] 约合1.9米。——编者注

问者一眼，那眼光古怪得叫人胆寒。胡图宁在磨坊被烧成黑乎乎一片的残骸中扒出妻子的遗骨，将它们埋葬在墓地安息，随后变卖了土地和那些残垣断壁，免得触景伤情。他还出让了水权，之后便永远离开了那里。他说能在北方找到这么一个像样的磨坊真是一件幸事，虽然磨坊还没开始运作，不过操持木瓦板锯取得的收入已经足够养活他这个单身汉了。

但是有一个问题，镇政府的文书明确告诉大家，根据教区档案，磨坊主贡纳尔·胡图宁从未结过婚。因此，他怎么可能有一个被大火烧死的妻子呢？这成了人们争论的焦点。不过没有人挖掘出磨坊主过去究竟底细如何，渐渐大家就失了兴趣。最后人们得出结论，他不是南方那里第一个在大火中被有意无意烧死了妻子的男人，这样死了老婆的男人可不在少数。

贡纳尔·胡图宁受抑郁折磨，疾病周期性发作，持续很长时间。发作时，他会突然停下手头的事，然后呆望着远方，目光毫无焦点。他深色的双目深处闪动着痛苦的微光，似乎在深思着什么，表情那样刻毒，但又充满忧伤。如果你与他目光相遇，他那明亮又闪烁的凝视会让你不禁颤抖。他心情灰暗的时候，如果有人跟他说话，那人必定会被他的悲伤和丧气击中。

然而人们思来想去，觉得磨坊主并不总是快快不乐的。他常常无端挑事，大吵大闹，还总是突然变换情绪，嘻嘻哈哈，有时则毫不克制，一双长腿东蹦西跳，模样要多滑稽有多滑稽。他爱谈天说地，一边说一边狂做手势，打着响指，挥舞手臂，脖子伸得老长。他总爱讲一些不可思议的荒诞故事,把别人弄得紧张兮兮的,只图自己一乐。他还喜欢一巴掌拍在乡民背上,接着劈头盖脑奉上一些莫名其妙的溢美之词,随后又当面讥笑此人,还对他眨眨眼,又拍拍手。

每当胡图宁又这样嬉笑怒骂、疯疯癫癫时,村里的年轻人都喜欢聚集到苏考斯基河滩上来看磨坊主姿彩丰盈的表演。他们会拥进磨坊的底楼,像旧时那样插科打诨、谈古论今。周围虽然暗淡无光,但气氛平和,人心愉悦。黑暗中旧磨坊那令人迷醉的气息让每个人都身心愉快,情绪高涨。有时候贡纳尔——或者昆纳里——如同人们用芬兰语称呼他的那样,会在门外生一堆高大的篝火,年轻人们会往里添加木瓦板,而后在火上烤几条从凯米河里捕来的白鲑鱼。

磨坊主模仿起林中野兽来,颇有天赋。他还由此设计出一项游戏,让年轻人们互相竞赛,看谁最先猜测出他所模仿的动物来。他一时像一只野兔,下一秒又变为一只旅鼠,或者一头狗熊。他一会儿振动长臂模仿一只猫头鹰,一会儿又仰天长啸,成为一头饿狼。每当那时,他的鼻头就直指天空,嘴里呼啸出声,那带着哭腔的叫声凄惨可怖,直叫年轻人们不得不蜷缩在一处,互相安慰。

他还常常学身边的农夫,甚至是农妇们,观众们也往往一猜即中。有一次,磨坊主扮作一个又矮又壮的人,为了演好这个角色,他奋力把自己缩成一团。大家见状毫不迟疑,立刻就猜测出他这是在模仿他的近邻，胖子维塔瓦拉。

夏天有这样一个别具趣味的夜晚，多么令人着迷，不过人们为了等到这样的时刻，常常要翘首盼望一连数周，因为在此期间，贡纳尔·胡图宁维持着沉默不语、阴沉忧郁的消极状态。每当这样的时刻来临，村里便无人胆敢前往磨坊，除非上门找他做活或者取件，而那些找他办事的村民们都尽力缩短与他交易的时间，并且都不愿多语，磨坊主痛苦的样子实在令人惧怕不已。

随着时间的流逝，胡图宁抑郁的毛病发作起来日趋严重，他言行粗暴，对人恣意吼叫，似乎时刻处于焦躁不安的状态。偶尔他甚至紧张易怒到拒绝交付乡民们订制好的木瓦板，只是咆哮着说："没办法，没弄好。"人们毫无他法，只得空手而归，即使大家都看得到，近旁的桥边赫然整齐地堆放着数立方米新锯好的木瓦板。

然而当胡图宁情绪好转时，他又会表现空前，卓尔不群，表演起来活脱脱一个马戏团领班，机智幽默，一针见血，就像闪着光芒的锯刃。他动作快速灵活，做起模仿套路来热情奔放，技惊四座，观众全然着了魔。可那不可避免的时刻还是会来临，当一场场狂欢作乐进行到高潮时，磨坊主会突然收身住势，呆立当场，唇间发出刺耳的叫声，紧接着转身朝磨坊后头奔去。他会顺着破旧的引水槽，越过河流，窜入林中，一下消失了踪影。他会闷头在树丛间穿梭，身后的枝条猛地被折断，噼噼啪啪一阵乱响。一两个小时以后，他又会重返磨坊，精疲力竭，气喘吁吁。村里的年轻人们吓得赶紧溜回家去，他们惊恐地互相转告，昆纳里的坏日子又来了。

人们不禁觉得贡纳尔·胡图宁已经疯了。村邻们都在传说，说昆纳里如何像野兽般发出呼叫，尤其是在月明星稀、霜冻坚硬的冬夜。从暮色四合，到曙光初现，他不停地嚎叫。风送啸声，惹得方圆数里之内的所有犬类都跟着发出凄凉的呼号。大河沿岸的几个村子就这样度过了那些不眠之夜。村民们都说，可怜的昆纳里神志真的不正常了，竟然让狗儿们在这样天怒人怨的夜晚时分起来狂吠。

"真该有人让他别再那么叫唤了，都这把年纪了。是人都不会像头饿狼那样抬头就叫啊。"

然而没人有这胆量对胡图宁提起只言片语。邻居们自我安慰道，也许某天他就清醒了，到那时候，他自然就不会再那么胡闹了。

"就让他叫吧，时间一长也就习惯了。"乡民们这样声称，毕竟大家还是需要木瓦板的。"他虽然疯癫，但是做活好啊，要价又合理。"

"他还说要恢复磨坊的运作呢，我们最好别去惹他，不然他也许就搬回南方去了。"又有一些乡民这样说，他们想在凯米河岸边种上小麦。

第 二 章

有一年春天雪融的时候，河水高涨，贡纳尔·胡图宁差点失去了磨坊。引水槽一端的水坝被洪水的重量压垮，形成了一个两码宽的缺口。厚厚的冰片从中汹涌而下，将已经遭到破坏的引水槽彻底击毁，留下整整十五码长的破口。巨流还把木瓦板锯的锯轮撞毁，要不是胡图宁赶来救援，整个磨坊就要被这样摧毁了。他冲到木瓦板锯的闸门口，一把拧开，把洪水从锯轮的破损处引向河的下游。但在这整个过程中，洪水不断从水坝的毁坏处涌进来，漂浮在其中的巨量冰块冲在水流前方，堆积在磨坊的墙边，造成的重量把木制的老磨坊压得摇摇欲坠。胡图宁生怕磨坊会散架，那样沉重的磨石就会坠落，继而冲破地板，砸到涡轮机上，把机器弄坏。此时他别无选择，只得跳上自行车，一路骑行一英里半，直奔村店。

胡图宁气喘吁吁，汗出如浆，冲着正在称量粮食的店主特尔伏拉大声喊叫："给我几个筒式炸弹，快！"

店里有几个村民正在购物，磨坊主突然出现，浑身是汗，开口就要炸药，把这些爱八卦的村民们吓得要命。特尔伏拉站在秤后头，向胡图宁索要购买和持有炸药所需的许可证，磨坊主咆哮着说，如果不马上把磨坊旁的冰块炸开的话，整个苏考斯基磨坊就要毁了。店主慌忙卖给他一箱筒式炸弹、一卷导火线和几个雷管。胡图宁把装着爆炸用品的纸板箱绑在自行车托架上，跳上车座，一路飞驰回苏考斯基急滩，那里河水还在上涨，冰块继续冲击着岌岌可危的旧磨坊。特尔伏拉则立刻关了店门，领着店里那几个爱闲聊的妇人们，一路赶去看胡图宁如何应对。不过在此之前，他还不忘通知整个村庄。"快去苏考斯基看看，胡图宁的磨坊快倒到河里去啦！"他在电话里叫嚷道。

苏考斯基河滩上不久就响起了爆炸声。从商店赶去的人们同其他村民一道冲去岸边旁观，随即又听到一声爆炸，碎冰块和破木片随之飞到空中。孩子们被禁止靠近河边，几个刚赶到的乡民冲着胡图宁大喊，问他是否需要帮忙。

此时胡图宁狂乱而忙碌，根本顾不上指挥大家前来援助。他抓起一把锯子和一把斧子，沿引水槽奔到水坝处，跳过冰堆跨入水中，趟着深及腿根的河水，如同一个伐木工那样，挥舞着工具把一丛茂密的云杉木砍下来，堆积在对岸。

"昆纳里匆匆忙忙地，都来不及嚎叫了。"维塔瓦拉腆着肚腩说。

"也没时间模仿麋鹿或者狗熊了，虽然有的是观众。"另一个人说，引起一片笑声。

人群中有一位温和的老者，是警官波尔蒂莫，他让大家住口。

"别乘人之危嘲笑别人。"

胡图宁选中水边一棵高大的云杉,挥起斧子大力砍伐了数下,云杉应声而倒,胡图宁趁机把它架在了河对岸,开始俯身锯了起来。对岸的围观者们心生疑惑,这磨坊主到底为何突然伐起木来,难道还有比营救磨坊更重要的事吗?此时一个名叫罗诺拉的农场帮工刚从村里赶来,他说:"他完全忘了磨坊的事了,就是想好好锯些木料!"

胡图宁把这句来自对岸的评语听得分明,他满面潮红,怒气冲冲,额头两边的太阳穴血脉偾张,突突跳着,几乎要直起身来朝那农场帮工吼叫回去,然而最终他只是继续锯起了木头,动作狂野而迅速。

不久巨大的云杉开始渐渐断裂,胡图宁抽出锯子,改用斧刃将粗壮的树干撬倒,树干顶着巨大的树冠连着四处分叉的树枝一起,一股脑坠入洪水涌动的河流中,把水坝旁的冰堆击得冰晶四溅。众中散开一阵低语,如今他们总算明白了。云杉顺流而下,紧紧贴在了水坝旁,形成一道屏障,拦截住沿急滩漂流的浮冰。洪水从纠结的枝杈间呼啸而过,灌入破损的引水槽,而冰块则无法通过,如此一来,危险解除了。

贡纳尔·胡图宁抹了抹脸上的汗水,过桥而来,穿过磨坊,出现在了众人面前。"喂,刚才我好好砍了些木料。"他冲着农场帮工罗诺拉吼道。

人群一阵骚动,男人们道歉说刚才来不及帮忙。"昆纳里,你的办法真好。"人们一边夸赞，一边祝贺他把那棵树成功伐入了河中。

兴奋的气氛渐渐平息，但村民们似乎不愿就此离去，相反，还有人不断从村中赶来。身形肥胖的西波宁太太在后头气喘吁吁，询问是否错过了好戏。

胡图宁又装了一筒炸药，大声说："嫌刚才的演出太短了？好，这就再来一出。远道来了那么多人，不弄出点名堂实在不像样，对不对？"

磨坊主开始模仿起鹤来，他蹦上引水槽，站在边缘引吭高歌，然后弯下身来，伸长脖子，好似在水里搜寻着蛙类。

胡图宁的观众并没有被取悦，他们纷纷打算离开。人们试图安抚磨坊主，而有些人则抱怨说："他真是疯了。"踌躇间胡图宁突然点燃了炸药筒的导火索，索线狠狠地嘶叫着，人们四散奔逃。许多人还没跑出几步，就见胡图宁抬手把炸药扔进了河里，炸药瞬间爆炸，随着一声闷响，水花混着冰晶四处喷溅，把站在岸边的人们兜头浇了个透。人们惊叫着逃跑，一气跑到路上，随后回头冲着苏考斯基磨坊连连怒声咒骂。

第 三 章

水势终于减弱,贡纳尔·胡图宁开始修葺被洪水毁坏的磨坊。他从锯木厂购来三车木料,有木梁、厚板、薄板,又从特尔伏拉的店里买来两箱钉子,一箱平头钉,一箱四寸钉。他从村里雇来三个赋闲在家的农场帮工,帮忙为损坏的水坝打新桩。几天后,水坝修好了,阀门又能约束河水的冲力了。胡图宁遣散了工人,自己专心修缮引水槽。他重建了水坝和锯轮间的引水槽,仅这一项工程就耗费了半车五寸厚板。

那是在夏天,风和日丽,令人精神焕发。胡图宁有一双巧手,对木工活情有独钟。他沉迷于修葺工作,甚至无心睡眠。早晨四五点钟,他就会匆匆赶到磨坊,切割木板和木梁,直到天光大亮,然后进屋煮点咖啡,随后又立即赶回来干活。他会在一天中最为炎热的时分进磨坊躺一两个钟头,常常昏睡过去,又在午后醒来,精神饱满。然后他会弄点吃食,接着又奔回引水槽。人们能听到他挥动斧子和铁锤时发出的重重的响声,那声音在苏考斯基磨坊里回荡,直到深夜。

人们议论纷纷,说昆纳里异于常人,过于癫狂,他之前的行为本身就像是疯子所为，如今干起活来又像个狂人。

一周半后，引水槽修好了，从头到尾封得紧紧实实。引水槽把河水自水坝处引去下游，从高处冲下的河水驱动水车和木瓦板锯。胡图宁接着又去维修锯轮，锯轮的叶片已经腐坏殆尽，必须全部更换。不过他发现轮轴尚好，只需换了一边的主轴以及套筒，锯轮即可照常运作。

一切准备就绪，磨坊主脱了衣服，只余一条内裤，涉入水中安装锯轮。正在此时，磨坊来了访客。

一个女人出现在了磨坊桥头。她年约三十，气质优雅，身姿端庄，双颊泛着红光，身上穿着夏裙，裙上花团锦簇，裹一条色彩艳丽的头巾，周身光彩照人。她美丽动人，活力四射，嗓音又如同少女般轻柔，在急流的涌动声中，胡图宁根本没听到她的喊声："胡图宁先生！胡图宁先生！"

女人看着几乎全身赤裸的男人在河中忙碌工作。他浑身精瘦结实，站在冰凉的水中用尽全力，拼命想要把锯轮旋拧就位，但是水流的力量太过强大，主轴反复从轮轴处滑落。最终，磨坊主奋力一搏，强行将巨轮成功就位。

水流有了通道，渐渐平息下去，磨坊主这才听到女人清晰的呼声："胡图宁先生！"

他循声回头，只见一个年轻女子站在桥头。她解了头巾，拿在手里挥动，模样迷人，一卷金发松散开来，美得令人目眩。夏风轻抚着她，阳光从她身后照射过来，映出动人的剪影。他站在河里，抬头望着，看到她强健的大腿和紧实的小腿。风吹起裙摆，他甚至能看到她的底装——长筒丝袜和吊袜带。她似乎并没有意识到自己显示出那样诱人的身姿，又或者她不是不知情，只是对于露出些大腿并不感到尴尬。胡图宁从河里抽身上来，抓过桥上的衣物很快穿好。女人往磨坊走去，回身伸出一只手来。

"我是脑心手健康联合会*的顾问，莎奈玛·凯拉莫。"

"幸会。"胡图宁努力回答。

"我是脑心手健康联合会新雇的园艺顾问，负责这片地区。最近我正拜访区内所有家庭，那些没有年轻劳力的家庭我也会顾及。我已经拜访了六十家，还有很多家要跑。"

园艺顾问？脑心手健康联合会的人到磨坊来会有什么公干？

"你的邻居维塔瓦拉先生告诉我，你一个人住在这里，"莎奈玛·凯拉莫接着说，"我就想着来看看你，毕竟单身汉也适合种植蔬菜。"

而后，这位园艺顾问便开始热情地阐述，就她的专业领域展开一番演讲。如果你住在乡间，那么种植蔬菜会是世上头等好事：蔬菜是优质食品，把蔬菜加入菜单，有助于摄取更多维生素和矿

---

* 脑心手健康联合会（4H）是一个青年教育组织，旨在教授青年实用技术，鼓励青年自我创业，自食其力。其名出自"四个H"：Head（头脑）、Hands（双手）、Heart（心灵）以及 Health（健康）。芬兰语则是 Harkinta、Harjaanus、Hyvyys、Hyvinvointi。联合会于1900年代初期成立于美国，分部遍及全球数十个国家。——译者注

物质。半亩大的菜园就可以让一个小家庭在整个冬天都保持健康，身强力壮，当然这需要有人精心看顾菜园。而你只需卷起袖口，全心投入，就会得到说不尽的好处！

"所以呢，胡图宁先生，你不觉得我们应该着手为你设计一个可爱的菜园吗？现如今吃蔬菜可是时髦事，自己种，自己吃，是男人也不必尴尬。"

胡图宁抗议。一个人生活的话，他说，我可以随时向邻居买几袋萝卜甘蓝，满足需要，不也挺好。

"别说了！"莎奈玛·凯拉莫打断道，"我们立刻开始行动。我会给你些种子，好让你马上播种。现在让我们去看看哪里适合开垦一个菜园。我还从来没见过谁因为种了蔬菜而后悔的呢。"

胡图宁还想阻止她。

"不过问题是，我有点儿……有点儿脑筋不正常。村里人没告诉你吗，小姐？"

园艺顾问随手挥了挥头巾，似乎以此来拂去胡图宁心性不稳这件事，就好像她一生都在同心理失常者打交道。她紧握着磨坊主的手，把他领到磨坊院子里，站在那里比画出未来菜园的规模。随着她扫动的手势，磨坊主感到阵阵晕眩。规划中菜地很大，他一脸愁容，她又比画着缩小些规模，然后似乎就这样敲定了。尘埃落定，她折下四根桦木枝，插在四角。

"像你这么高的男人，就该弄那么大的菜园。"说完，她从自行车上取来公文包，坐在草地上从包中掏出一叠文件铺在地上。

一阵风刮过，把几份文件吹走，胡图宁跑到河岸边去把它们捡回来，心里还是有些不敢相信事情的发展，一切都是那么不可思议。他把文件递还给园艺顾问，她笑着感谢他，模样可爱。这让他愉快极了，直想快乐地大叫，并且差一点真的叫出声来，然而他还是抑制住了。他想，在这样一个女人面前，还是表现得正常些吧，至少一开始必须这样。

园艺顾问将磨坊主贡纳尔·胡图宁登记为当地脑心手健康俱乐部的会员，随后画了一幅菜园设计图，并在图上写下了建议种植的蔬菜品种：甜菜、胡萝卜、红萝卜、豌豆、洋葱、香草。她添了春白菜，又划去了，因为村里还没人种植春白菜。

"第一季我们就种些普通品种吧，这样可能会好些。等我们有了些经验，再扩充品种好了。"她这么决定着，随后递给胡图宁几包种子，说下次来再收钱。

"首先我们得看看这些种子能不能发出芽来……不过胡图宁先生，你一定很快就能见证生命生长的奇迹。"

胡图宁对他是否有能力看顾好菜园表示怀疑，说他从未做过此类事情。然而对于园艺顾问来说，这份犹豫连讨论的价值都无。她开始详尽地向他解释各种蔬菜的种植方法，怎样铺土、怎样施肥、怎样播种、该种多深、各品种植株间的距离为多少合适，等等。种植蔬菜的工作很快吸引住了胡图宁，不光是因为此项工作特别使人入迷，还因为磨坊的活儿不多，并不能让他整个夏季都保持忙碌，因此额外的菜园工作变得十分理想。他对园艺顾问说，他要立刻开始工作,接着匆忙去工具棚里取来了一把铲子和一把锄头。

莎奈玛·凯拉莫看着这高个子男人把锄头挥入地中,翻撬起大块大块的泥土。她弯腰捻起一些泥来,在指间碾开,闻了闻,说,要找到比这里更适合开辟菜园的地方也是不可能的了。见到园艺顾问弄脏了手指,胡图宁冲回磨坊拿来一个镀锌水桶,哗啦啦扔进河里打满了水,拎回来让她洗手。

"哦,其实不用麻烦的,"园艺顾问一边在桶里洗手,一边红着脸说,"你的裤子都湿半截了,我怎么弥补你呀?"

谁在乎裤子,胡图宁愉快地想,顾问小姐高兴了,这才是最主要的。他又开始锄地,心想,用牛来犁地花费太大,不是长久之计。

园艺顾问将文件收拾回包中,推来自行车,挥手道别。

"遇到什么问题,一定联系我。"她鼓励道,"我就住西波宁家楼上。别不好意思,你是新手,我呢,又经常忘记解释一些事。"

随后,她系上那条色彩艳丽的头巾,盖住满头金色的发卷,接着把公文包挂在自行车把手上,飞身上车,丰满的臀部紧紧包裹住车座。她踏车而去,轻柔的裙摆在风中飞舞。

骑到林边时,她停了下来,回头看着磨坊叹道:"我的天啊……"

胡图宁处于一种高度兴奋的状态,自园艺顾问离去后,他便不知如何是好,锄地的事也变得不那么紧要了。他迈着慌乱的步伐，大步踏入磨坊，倚身在磨石上，搓擦着双手，紧闭起双眼，想着她。突然他周身紧张，冲出门外，直跑到引水槽下，窜入河中，让凉凉的河水没到脖颈。后来他爬上岸，在一丝颤栗中渐渐平静下来。回到磨坊，他从小小的窗口往外张望，望着窗外的道路，低声哀鸣，并不似冬天时那样大声嚎叫。

胡图宁当晚挖好菜地，天黑后撒下许多粪肥，又将粪肥耙入土中，把园艺顾问给他的种子播了下去。直到午夜过后，他才浇好地，终于可以入睡。

胡图宁游荡着步向床边，心下愉悦。现在他拥有自己的菜园了，这意味着那可爱的脑心手健康联合会的顾问小姐很快就又会骑着车来看望他了。

第四章

随后几天，胡图宁继续维修洪水造成的损坏。他彻底检修了磨坊和木瓦板锯间的斜槽，其实原本只需更换几处木板而已。他在引水槽下安装了新木梁，替换掉那些腐烂败坏的旧木。他立在水道边缘上下跳动，水道动荡摇晃着把河水引开，水流变小，水车转动产生的动力因此减弱。

这样工作了五天后，胡图宁准备测试维修好的磨坊。他关闭锯轮的闸门，把水都引向涡轮机房。涡轮开始转动，一开始速度缓慢，接着越转越快。见涡轮转速均匀，且水流充足，胡图宁便从机房爬上桥，进入磨坊，用壶口细长的油壶替主轮轴和轴承加油，把机油点在各个工作部件处。再取来一把杨木铲，蘸着皮带树脂涂抹在涡轮轴的牵引轮处，他将木铲大力压在转鼓上，这样树脂涂抹起来就相对容易。他又把树脂涂擦在用来驱动上磨石——也就是转动磨石——的转动轴齿轮上，随后把驱动带套在转鼓上运行，又使力拧了拧，让皮带牢牢就位。宽宽的皮带随着涡轮主轴蛇行似的律动而旋转，使沉重的转动磨石展开转圈运动，上磨石由此开始在下方肃立不动的下磨石上磨动。若此时胡图宁往磨眼里倒几把麦粒，那么面粉的香气就会立刻四散入空气。

磨坊开始运作了。磨石转动着，发出闷响，驱动带紧贴着机件，轮轴在闪着微光的轴壳里咔咔作响，整个磨坊震动着，下方的水流在涡轮机房里翻腾着。

胡图宁系统地检测了磨石，将驱动带在磨面模式和磨饲料模式间转换测试，接着又测试了脱壳机轮盘，一切都运转良好。

磨坊主坐在空谷箱边缘，闭上双目，聆听磨坊发出熟悉的声响。他面色轻松，既没有显示出他惯常的病态欢欣，也不见那常常挂在脸上的消沉表情。让磨坊空转了许久之后，他才把水流从涡轮处引开。驱动轮渐渐停转，终于完全停歇。磨坊又变得悄无声息，只有河水在磨坊下滑过，发出轻柔的潺潺声。

次日上午，胡图宁来到商店宣布磨坊开工的消息，欢迎大家把去年留的饲料拿来加工。

店主特尔伏拉斜眼瞥着他，说："上次警察问我你有没有许可证，我没办法，只能把那几个筒式炸药记我名下了。没有许可证，我再也不卖炸药给你了，你这怪人。"

胡图宁在店里徘徊，仿佛并没听见店主的责备。他从板条箱里捞出一瓶比尔森啤酒，然后点燃一支香烟，真凑巧，这是烟盒里最后一支烟。他把烟盒背面撕下来，在上面写下告示，大意是苏考斯基磨坊又开张了，欢迎大家来磨粮食。随后从店门上取下一枚旧图钉，把告示钉在门上。

"那天你为什么要把炸药扔河里炸开？岸边都是人呢！"特

尔伏拉边给教员妻子称量些综合果干，边问道。胡图宁把空酒瓶放回板条箱，在柜台上丢下两枚硬币。店主从秤后探出身来继续唠叨抱怨。

"理事会的人说应该把你送到那种检查脑子的地方去。"

胡图宁突然转身面对店主，直视着他的双眼，问："特尔伏拉，告诉我，你觉得为什么我种的胡萝卜还不发芽？我每天都浇水，浇到泥都变黑，可还是一点都没发芽。"

店主咕哝道，谁提胡萝卜啦。"连续两年了，我的女儿每到夏天就去你的磨坊闲逛，难道我们应该听任孩子们彻夜不归，离家出走就为听一个疯子胡闹？"

胡图宁握紧拳头把秤的一边压下。

"正好二十磅，再放一个砝码上来。"

胡图宁自己在秤上加了几个砝码，又把拳头压了下去。

"现在我的拳头有三十磅重。"

店主试图把胡图宁的拳头从秤上移开，那袋综合果干在两人的拉扯中被打翻，苹果脯撒了一地。教员妻子退开几步，远离柜台。

突然间胡图宁用双臂夹起秤来，大踏步走出商店，顺路用牙齿撕扯下门上他刚刚张贴的通告。他走到店门外的院子里，把秤放进吊桶井上悬挂的水桶里，随后小心翼翼地把桶降到了井底。特尔伏拉横冲直撞地跟着跑出来，直冲到台阶处，见他这样恶作剧，禁不住怒吼连连。

"你该去疯人院！越早越好！胡图宁，从现在开始不准你出现在我的店里！"

　　磨坊主向教堂走去，心下疑惑，事情怎么发展到了这个地步？他感到沮丧，然而想到那还在井底的秤，又感到有些振奋。再怎么说，水井和秤，本来也是差不多的东西，只不过一个有水，一个有砝码。

　　胡图宁来到教堂庭院前，停下脚步，在门柱上取下一个别人固定告示用的旧钉子，把一直叼在齿间的烟盒纸钉在门柱上。告示这样写道：

　　苏考斯基磨坊全新开张。
　　　　　　胡图宁

　　胡图宁离开教堂来到近旁的咖啡店。他点了一瓶比尔森啤酒，见店里坐满了镇上各处来的闲人，便宣布道："大家互相转告一下，谁还想磨粮食的，就来苏考斯基磨坊。"

　　他喝光啤酒往外走，站在门口补充道："别把加工过的谷物拿来，我不会磨的，就算是做饲料也不行，会把磨盘弄坏。"

　　磨坊主路过西波宁家的农场时，停下了脚步。他抬头扫视着楼上的窗户，想看看园艺顾问是否在家。他又四下查看，寻找那辆蓝色的自行车，但视线内一无所获。她肯定是到各个村庄巡视去了，到那里教小孩子们照顾蔬菜，和农妇们交流菜谱。现在她可能正引领着几个口齿不清、拖着鼻涕的少年进入蔬菜种植的艺术大门，教他们如何给胡萝卜间苗，还教那些肥胖的农妇们如何切生菜。想到这些，胡图宁不禁有些嫉妒。他想到了自己那块经常浇水的菜地。所以，顾问小姐是没时间来拜访他，对吗？可她至少可以顺路过来看看，看他是如何诚心诚意地在菜园里锄地、施肥、种植的，他可是完全按照她的每一条指示在行事，一字不落呀。

她说服他一个成熟的大男人做一个孩子才做的事，是不是在以此嘲弄他？事实上镇上的每一个人都笑话他，叫他"长腿疯子"，她是不是也加入了这支嘲笑他的队列？这个想法让贡纳尔·胡图宁禁不住又悲又痛。他转身离开西波宁家的屋子，朝着苏考斯基狂奔而去。

路上他撞见了从商店返家的教员妻子。她看见胡图宁一路疯跑，赶忙停下自行车，让他从面前一扫而过，奔进林子。

胡图宁奔入磨坊院子，驻足查看菜园。菜园默默静卧，漆黑而贫瘠。他细察脚下的泥土，那里有疏于照管的气息，而他呢，也同这泥土一样，被园艺顾问抛弃。他伤心地爬上磨坊顶楼，步入他小小的卧室，甩开脚上的长筒胶靴，一头栽倒在床，什么吃的都顾不上弄了。他躺在那里，连连沉声叹息。两个小时之后，他终于陷入梦乡，反复做着些混乱而扰人的梦，时睡时醒。

第 五 章

次日清晨，磨坊主早早醒来，取出怀表查看：凌晨四点。怀表是极好的，那是他在战争间隙从一个身无分文的德国军士那里买来的，彼时那人正穿越里希迈基，他发誓说，这枚怀表走时精准，且具防水功能。几年过去了，时间证明那人并无虚言。胡图宁曾同一群林业工人打赌说他的这个计时器能通过各种测试。他把怀表含在嘴里，在桑拿房里蒸了一个小时，随后又两次潜入湖底，静卧在那里，聆听那枚二手怀表在水压的作用下如打铃般滴答作响，声音回响在脑际。试验结束后，他吐出怀表擦干，机械照常工作，就好像这只表一直紧揣在他的口袋里一样，所有的零件都没有受到哪怕一丝一毫的损伤。所以，现在是四点没错。

胡图宁给表上了发条，又想起园艺顾问。他记得她曾说，若是他的菜地遇上任何细小的问题，他都可以毫不犹豫地去找她谈。

能否现在就去找她谈论菜园的事？胡图宁觉得自己有充分的理由前去拜访：她给的种子已经播进土里六天了，一点生的迹象都无。他得去确认，种子是否是去年的，若是这样，就问问她有没有质量好些的种子。胡图宁在心里反复思量，最后得出结论，这件事并非不重要，理由十分冠冕堂皇，无疑值得前去探讨。如果他现在便就此事去拜访她，无人可对他加以指责。

他喝下半瓢凉水，骑车赶往西波宁家的农场。

整个村庄此时与平日不同，人烟俱无：牧场上不见牛群，田野里不见农人。只有被黎明唤醒的鸟儿在放声歌唱，还有几只昏昏欲睡的狗儿，听到磨坊主骑车而过，回神懒懒地吠几声。烟囱里没有炊烟：人们还在梦乡。

胡图宁骑着自行车驶入西波宁家的院子，家里的狗狂吠不止。前门没有上闩，胡图宁步入客堂，那里窗帘拉得严实，大家还在熟睡。

"早。"

农场帮工罗诺拉是家里第一个醒来的，他大吃一惊，睡眼惺忪地从火炉背面的床铺上起身打招呼。随后农场主从房里走了出来，这是一位个头矮小、双眼近视、长相酷似一头象的老人。他走到胡图宁跟前，抬头细看他的脸，这才认出来人是谁，便请他坐下。西波宁太太从丈夫身后慢步踱来，那是一位双腿粗短、异常肥胖的女人，她胖得厉害，胶靴裹不住小腿肚，只得把靴筒割开一半，才勉强把鞋套上。女主人向磨坊主问了早安，抬头看了看壁钟，问道："磨坊里发生什么事啦？我们的昆纳里怎挑夜里这个时候出门赶路啊？"

胡图宁在客厅桌边坐下，点燃一支烟递给正俯身穿裤子的西波宁。

"哦，没什么，谢谢关心，"胡图宁答道，"磨坊没事，我只是顺道来看看大家，很久没过来了。"

农场主矮身坐在胡图宁对面，把烟接在过滤嘴上抽了起来。他不声不响地睨着磨坊主，出于视力原因，对他探身凝视。罗诺拉出门绕到房后，又回屋来，见无人理睬他，便返身睡回床铺，面朝墙壁，不久便鼾声大作。

"顾问小姐在家吗？"胡图宁最终发问。

"我想她还在楼上睡觉呢。"西波宁指着阁楼答道。

胡图宁掐灭烟头，向楼上走去。农场主夫妇仍旧坐在桌旁，互相对视，表情困惑。他们听到磨坊主迈着沉重的步伐拾级而上，又听到"咚"的一声，是他把脑袋撞到了阶梯尽头的天花板上，接着传来了敲门声、一个女人的嗓音，以及房门合上的声音。西波宁太太赶紧冲到楼梯下去听楼上的对话，可她什么也听不到。

"再往上走两步，那样能听得清楚些，"她的丈夫叮嘱她，"不过小心别把楼梯踩得嘎吱响。走啊，往上走啊你，告诉我你听到了什么。别把楼梯弄得嘎吱响啊！神啊！真不敢相信我怎么娶了一个能把整个房子都撼动起来的女人。"

园艺顾问带着茫然的睡意以及吃了一惊的心情，邀请胡图宁进入她小小的房间，尽管她身上还穿着睡衣。胡图宁在阁楼的斜顶下佝偻着身子，一手拿着帽子，一手伸出去想同她握手致意。

"早上好，顾问小姐……对不起，选这个时候来见你，不过我是觉得你肯定在家才来的。听说你总是出门在镇上巡视，从早到晚的,给大家送建议。"

"这个时候我肯定在家呀。你来到底干吗呢?啊,还不到五点。"

"希望没有吵醒你。"胡图宁不安地说。

"没事……请坐吧,胡图宁先生,别这样弯着身子站着,都快折成两半啦。这房间的天花板太矮了,天花板高的大房间租金太贵。"

"这房间挺好的……"胡图宁评价道,"我磨坊里连窗帘都没有——我的意思是,我的卧室里没,磨坊本身不需要装窗帘的。"

他在炉旁的小凳上坐下,想点烟,考虑后又放弃了,在一个女人房间里吸烟似乎不甚妥当。园艺顾问坐在床沿上,抬手把额前的几卷乱发抚走。还带着睡意的她,看起来可爱极了,睡衣下饱满的乳房鼓胀着,领口微露出乳沟的阴影。胡图宁目光胶着,无法移开。

"我每天都在等,想着你会不会来磨坊,小姐。你走后我立刻按我们说好的,在园子里播了种。我以为你会来看我。"

"我原本打算下周过去的。"莎奈玛·凯拉莫紧张地笑道。

"好像过了很长时间,"胡图宁接着说,"种子还没发芽。"

园艺顾问快速解释说,种子才种下几天是不会发芽的,说胡图宁先生不应那么缺乏耐心,还劝他安心返回磨坊,静待种子适时发芽。

"那我该走了吗?"他问道,语调可怜,一点都不想离开。

"下周初我就来你的菜园看看,"园艺顾问保证,"你现在过来拜访,特别不是时候。我是这儿的房客,西波宁太太虽然心宽体胖,可是人很严厉呢。"

"我就在这儿坐半小时,好吗?"胡图宁探问道,试图把离去的时刻延后。

"请你理解,胡图宁先生。"

"可是我来,小姐,"胡图宁抗议道,"只是因为你说过,如果遇到任何问题,我都可以来找你的。"

莎奈玛·凯拉莫不知如何是好。她本可以欣然让这陌生的英俊男人待在炉旁,可那时绝对不行。她心想,真有意思,她并不惧怕这古怪的家伙,虽然太多人认为他精神异常。不过无论如何,现下她只能让他离开,不能让他再待下去了。如果他待得再久点,楼下的人该怎么想呢?

"等我工作的时候我们再见面吧……去商店,或者咖啡馆。或是就在外面随处走走,林子里,随便哪儿,但不是这儿,也不是这个时候。"

"那我想我该走了。"

胡图宁重重地叹了口气,戴上帽子,握了握园艺顾问的手。莎奈玛·凯拉莫知道这可怜的男人一定是爱上她了,他要走了,那样难过的样子。

"再见,胡图宁先生。我们很快就会见面的,等时间地点都合适了。"

胡图宁略减轻了伤感,他下定决心似的紧握住门把手,向园艺顾问低头鞠了一躬,然后坚定地推开门,门却撞上了什么东西,绵软而沉重。门外传来一声可怖的尖叫,随后是巨大的坠落声。是西波宁太太,她刚把自己拖曳上来,想听听屋内的谈话,不想被推门而出的胡图宁击个正着,门板正中耳后,使她从陡斜的楼梯上一滚到底,直滚到楼梯下丈夫脚边。幸而她身材好似圆桶,滚动的过程又轻又柔,可尽管如此,血还是从她耳中滴答而出,她的惊叫声把窗户震得咔咔直响。

农场帮工罗诺拉从客堂里奔出来,胡图宁下了楼,园艺顾问跟在身后,农场主的妻子躺在地下呻吟不已。西波宁先生怒视着胡图宁大声吼道:"你见鬼的这是在干什么,半夜闯进我们老实人家里,要杀女主人?"

"她还没死,快把她弄到床上去。"罗诺拉说。他们把农场主的妻子奋力拽回房间,抬到床上。胡图宁随后离开了农舍,跳上自行车冲出院门外,疯狂地踩着踏板。农场主追出门外,立在门廊上喊道:"昆纳里,如果我的妻子瘫痪了,你要付医药费和护理费!我还要把你告上法庭!"

西波宁家的狗直叫到天亮。

第 六 章

胡图宁在接下来的整个星期里都不敢在村里露面，只思忖着菜地的事。然而他的这种伤心孤寂的独守突然之间便终止了。园艺顾问欢快地骑着车来到了磨坊，先是亲切地向他问了好，随后便开始同他认真地讨论起种植蔬菜的事来。她说，生菜已经抽芽了，胡萝卜苗也会马上蹿出来。她向胡图宁要了上次说好要收的种子钱，接着又教他如何间苗，如何松土。

"细节决定一切。"她反复叮咛。

胡图宁煮了咖啡，取来些饼干，心情愉悦。

把菜地彻头彻尾地聊了一番，莎奈玛·凯拉莫转而开始谈论起前几日磨坊主前来拜访的事。

"实际上，我来是想跟你聊聊那天凌晨的事。"她起了话头。

"我不会再去看你了。"胡图宁保证道，一脸羞愧。

园艺顾问说，你来这一次，就已经惹了事端，胜过来了数次。西波宁太太仍告病在床，不愿起身，连奶牛都不管。西波宁先生便请来村医替妻子检查。

"雅尔维宁医生听了她的胸口，把她的身子翻过来，又翻过去，哦，是大家一起帮忙给她翻的身，你知道她有多重。医生包扎了她的耳朵，还说应该洗洗，我猜她耳朵内部大概有什么问题，就是门把手撞到的那个地方。但医生朝着她耳朵大叫了几声，说她的听力没有受损，只是假装听不见。然后医生又打开一支超亮的手电筒照进她的眼睛，离得特别近，都快碰到眼球了，然后突然向那只坏耳朵叫了一声。医生说她眼睛的晶状体移位了，说明她还是听得见声音的，可农场主不信。我们都冲着西波宁太太的耳朵大喊大叫，又盯着她的眼睛看，可她整个人呆呆的。西波宁先生说要让昆纳里付出代价，他的妻子彻底聋了。"

胡图宁哀求似的看着顾问小姐，希望坏消息就此终止，可是莎奈玛·凯拉莫紧接着又说："雅尔维宁医生认为西波宁太太应该起床干活，但是她说自己手脚不能动弹，只能待在原地。她断定自己瘫了，再也离不开床了。并且她十分坚持，雅尔维宁也没有办法。医生走的时候只是说，他认为西波宁太太可以待在床上直到世界末日。西波宁先生威胁说要另找个更好的医生来，那位医生一定会证明他的妻子已经残废了。他还一直咒骂着，说昆纳里必须付出代价。"

事情可能就是这样了，胡图宁悲哀地想。众所周知，西波宁太太是方圆几里内身形最肥胖、性情最懒惰的女人，这下她有充分的理由整日懒散地躺着了。而罗诺拉，那个两面派，自然会对主人夫妇让他转述的任何情况都言之凿凿。

园艺顾问说，她一直想来告诉磨坊主这些情况，因为她知道他是无辜的，还因为她喜欢他。她提议说，他们之间可以互称其名，而不是以姓氏相称。

"不过让我们私下里才这样吧，在没有人听到的时候。"她补充道。

这让磨坊主——贡纳尔，从此顾问小姐就会这样称呼他了——感到欣喜若狂。

他们各自喝了些咖啡，而后园艺顾问又转向另一个话题，一个更需小心处理的话题。

"贡纳尔……我能问你个特别私人的问题吗？是件挺敏感的事，村里流言很多。"

"想问什么尽管问，我不会介意的。"

园艺顾问不知如何开口。她低头抿了口咖啡，把一块饼干碾碎在咖啡杯里，转头望向窗外，几乎又要谈论起菜园来，最后她终于下定决心直奔主题。

"村里很多人说你不太正常。"

胡图宁点点头，神情尴尬。

"我知道……他们说我是疯子。"

"是啊。昨天我和教员妻子一起喝咖啡，她说你精神错乱……似乎还很危险，或者还有些别的什么。教员妻子说那天你在商店，突然把秤拖出门外，放在了井底。那不会是真的，没有人会那么做的。"

胡图宁只得承认他确实把特尔伏拉的秤放在了商店门外的井里。

33

"他可以把秤取出来的,只需要把水桶拉上来。"

"大家还提到了炸弹,还有吼叫的事……你真的到了冬天就喜欢叫吗?"

胡图宁感到羞耻,他不得不坦白说他的确会吼叫。

"我时不时地会叫上几声,不过一点也不会惹人烦。"

"你似乎还模仿各种动物……取笑村民们,比如西波宁、维塔瓦拉、教员,还有商店老板。这也是真的吗?"

胡图宁解释道,有时他只是想做些特别的事情。

"就好像脑袋里有什么在耸动,但我不是什么危险分子。"

园艺顾问沉默良久。她深受震撼,表情悲哀地望着坐在对面捧着咖啡的磨坊主。

"如果我能做些什么来帮助你就好了。"最终她说,双手握着胡图宁的手。"我觉得太糟糕了,一个人在那儿吼叫实在是太糟糕了。"

磨坊主咳了几声,满脸通红。顾问小姐向他道了谢,感谢他以咖啡款待,然后起身打算离开。

"别走,"胡图宁脱口而出,"你不喜欢待在这儿吗?"

"如果有人发现我在这里待了很久,我会丢掉工作的,"莎奈玛解释道,"我真的要走了。"

"如果我不再叫了,你愿意再来吗?"胡图宁问道,随后又匆匆提议,若是莎奈玛不敢来磨坊见他,那么就在别处见面好了,比方说,林子里?他保证说,会找到一个能够不时见面又不受打搅的地方。

园艺顾问有些犹豫。

"那得是一个安全的地方,不要太远,不然我会迷路,"她说,"我一个月只能来磨坊两次。如果来得勤了,人们会说三道四,那样脑心手健康联合会的人会对我失去耐心的。"

胡图宁把园艺顾问圈在怀里,她没有反抗。磨坊主在她耳边轻语,说他没有疯到不能与人和谐相处的地步。然后他想到一个合适的会面地点。在通往教堂的路旁,低处有一条小溪流过,沿着小溪北岸走上半英里路,就会到达一处长满桤木的小岛,水流在那里转弯分叉。没人登上过这座叫作乐帕萨里的小岛,那个地方可爱而宁静,并不十分遥远。

"我会砍两根树干搭一座桥,这样你不用穿胶靴就能过那小溪了。"

园艺顾问同意下周日就去那座小岛,只要胡图宁不再惹什么麻烦。

胡图宁顺从地答应会守规矩。

"我会待在磨坊,安安静静地。哪怕心里多么想吼叫,我都不会开口的。"

园艺顾问敦促胡图宁每晚替菜园浇水,以便抵抗干热的夏天,随后便骑车离去。磨坊里只剩胡图宁一人,他快乐得容光焕发。望着磨坊灰扑扑的木头墙壁,他想,这得装修装修。于是他决定把磨坊漆成红色。

第七章

　　胡图宁在磨坊前放置了一个二十加仑的鼓形大桶，下面生了火，加热桶里由水、代赭石、黑麦粉和其他制漆材料合成的混合物，待材料煮沸，便不停搅拌，同时保持热度稳定。他感到轻松愉快，满心欢乐，精神百倍。后天就是周日了，到时他就能在乐帕萨里岛见到园艺顾问了。

　　磨坊主利用空闲时间用两截原木在小溪上搭了一座桥。又在岛上一片杂树林子里一处花园似的小空地旁铺上干草，支起帐篷和蚊帐。搭好了凉棚，顾问小姐就不会受小虫侵扰了，被蚊子咬可是会让女人发疯的。莎奈玛一定会喜欢我的安排，胡图宁心下暗喜。

　　代赭石混合了棕黄色的黑麦粉，开始显现出漂亮的牛血色。晚上油漆就会煮妥，周日就能把整个磨坊都漆好，而且花不了多少钱，麦粉是他自备的，特意购买来的只是代赭石和一些硫酸铁。

　　正在这时，邻居维塔瓦拉勒马停在磨坊前。只见这身形肥胖的农夫坐在马车里，身下是六袋粮食。见他带了去年的收成来磨粉，磨坊主十分高兴，连忙在桶下添了些柴火，紧接着就去帮维塔瓦拉拴马。

"看来你决定要漆漆房子啦。"维塔瓦拉边跟磨坊主一起把粮食搬进磨坊,一边这样说道,"我在教堂庭院大门旁的告示上看到你说磨坊开工了,就把剩下的大麦拿来了……我们必须支持本地磨坊,不能让这么好的河水白白流走,浪费在别处。"

胡图宁启动磨盘,打开第一袋粮食,倒进漏斗。空气中立刻弥漫开新鲜大麦粉的香气。两人来到屋外,胡图宁递给维塔瓦拉一支烟,心想,这至少是个好邻居,还能同他好好相处,跟西波宁和他那懒骨头妻子完全不同。

"你这匹骟马真漂亮。"胡图宁热情地说,想对马主人示好。

"除了有点难驾驭,其他方面都不错。"维塔瓦拉回答道,随后清了清嗓子。胡图宁察觉到这位邻居不仅仅是来磨些陈麦的,他心里应该还有其他事。是不是西波宁让他来带话?还是商店老板特尔伏拉,抑或是教员?

"听着,我想以好邻居的身份跟你谈谈话,男人之间的对话,我要警告你,昆纳里,你各方面都很好,不用说,但是你有一个缺点,这还是社区服务委员会上有人提出来的,实际上我就是委员会的会长。"

胡图宁扔了香烟,用脚把烟碾进地里。维塔瓦拉到底想说什么,他心下警惕。

"怎么说呢?"维塔瓦拉踌躇着,"社区里不少人对你有不满情绪。你绝对不能再嚎叫了,也不要再做其他浑事。有人告你的状,一路告到委员会。"

胡图宁对他怒目而视。

"直说吧,大家都是怎么说我的?"

"我已经跟你说过了,不能再嚎叫,永远不能。一个成年人,跑出去跟狗一起叫唤,那是不对的。去年冬天,你让整个村子的人整晚整晚地睡不成觉。现在你又来了,我的妻子整个春天都睡不好,都是你闹的。我的孩子们在学校也碰到了麻烦,我的女儿期末考试要补考,那段时间你晚上不睡觉,引得我女儿整个夏天天天去你磨坊报到,听你瞎胡闹。"

"跟过去相比,这个春天我已经不怎么叫了,"胡图宁忍不住反驳,"真正放纵才几次而已。"

"你爱侮辱人,你扮丑作怪,嘲弄每一个人。甚至教员坦胡玛基也提意见了。你模仿各种动物,更有甚者,你还把炸弹扔河里。"

"我只是开个玩笑。"

维塔瓦拉恨得咬牙切齿,额前青筋暴露,对着胡图宁责骂不止。

维塔瓦拉气急败坏,他高举双臂,仰天凝视,开始嚎叫。他的嗓子里迸发出一声尖利的哀嚎,声音如此刺耳,连他那匹马也突然受了惊。

"你就是这样让全镇上下都吓破了胆。你这疯子!还有你那些混账事!你装成熊、鹿、蛇、鹤,看看,就当是个玩笑,你就看看，是个什么样子。你给我好好看着！这是正常人该有的样子吗？"

维塔瓦拉装作一头熊，左一脚右一脚地重重踏在地上，嘴里发出吼叫，双手似熊爪那样猛扑着，接着四肢着地，怒声吼叫，惹得那匹骟马几欲扯断缰绳逃窜而去。

"那就是你装熊的样子，想起来了吧？再看看这个，你也弄过几次！"

维塔瓦拉绕着熬漆桶子慢跑起来，鼻子里喷着气，嗓子里发出咕噜声，好似一头驯鹿。他甩甩头，停下脚步，用脚蹭擦着草皮，弯下身来装作啃食青苔的样子。接着他的角色从驯鹿转换到旅鼠，他用手揉揉嘴巴，起身假装坐在后肢上，冲着胡图宁的方向寻衅似的吱吱尖叫，然后仓皇地窜到马车下头，像一只怒气冲冲的啮齿小兽。

"到此为止吧，"胡图宁叫道，最终失了耐心，"你连是来是回都没弄明白，你这个人，根本不懂怎么好好模仿！见鬼了，我是学过熊，但是我从来没像你那么该死地笨手笨脚。"

维塔瓦拉深吸一口气，想要冷静下来。

"我只是想告诉你，如果你不做改变，委员会就给你罩上口套，把你送去奥卢精神病院。我们已经跟雅尔维宁医生讨论过了，他说你是精神病患者，你有狂躁抑郁症。有一天凌晨你打了西波宁太太，把她耳朵都弄聋了，记得吗？你还把店老板的秤偷了去，投到井底，这几天特尔伏拉只能靠大致的猜测来估算面粉的分量，这样一来就损失了钱财。"

胡图宁大怒,谁给这个男人这样的权力跑来他的磨坊又是斥责又是威胁的?他几乎要挥拳揍上维塔瓦拉那张坠着双下巴的肥脸,但是最后时刻,他想起了莎奈玛·凯拉莫警告他的话。

"拿着你的大麦快走,一粒都别剩!"磨坊主克制住打人的冲动,只是叫嚣道。"我不会给你这种人磨面粉的,一丁点儿都别想。看在基督的分上赶着你那老马走吧,不然我就把它赶到河里去。"

维塔瓦拉的面上透出一股如冰霜般的冷静神色。

"让你磨什么你就得磨什么。这个世界是讲规矩的,让我来教教你什么叫作规矩。在南部你可能乱吼乱叫过,但是在这儿可行不通。希望你明白,因为我不会再跟你说第二次。"

胡图宁奔进磨坊关了发动机,把粉箱里已经磨好的面粉倒到地上,跺着脚把扬起的粉尘雾团驱散,又把进料斗从转动磨石上一把推开,然后把一袋没开封的粮食往背上一甩,跑到磨坊门外的桥上,从腰带上抽出一把匕首,把个袋子开膛破肚,将大麦抖进急流中,连袋子也被他一股脑丢进河里,剩下那几袋也都被他这样大刀阔斧地扔进了河里。

维塔瓦拉解开他那匹惊恐不定的骟马,牵着它来到大路上,回头冲磨坊主喊道:"昆纳里,刚才是你最后一次耍把戏!你毁了五袋一级大麦!咱们没完!"

胡图宁朝着河里浸透了水的粮食袋子啐了一口。磨坊静静地伫立着，地下是装着代赭石的鼓形桶，呼呼冒着热气。胡图宁抓起沾满火红色油漆的搅拌勺，朝着维塔瓦拉冲了过去。维塔瓦拉用缰绳抽打着马匹，随着马车的橡胶轮子吱扭一声，那骟马飞奔而去。在马蹄的嗒嗒声中，传来了维塔瓦拉恫吓的叫声：

"疯子也有疯子要守的规矩，你个该死的！疯狗，你就是条汪汪叫的疯狗，你个无赖！"

河水冲走了维塔瓦拉的粮食。胡图宁精疲力竭地回到磨坊，拿来一把松鸡毛扫帚，把地上的面粉扫成一堆，倒出窗外，让河水把面粉吞噬。

第八章

警官波尔蒂莫在村里和警队上都是德高望重的人物。这日，他骑着他那辆老旧的、装有特制低压轮的自行车，动作沉稳地向苏考斯基磨坊驶去。当他滑下最后一道山坡时，见到胡图宁已经开始了自家地盘上的油漆工作。一面墙已经刷好了，磨坊主把一架梯子支在墙外的桥上，自己则蹲在那梯子上，往灰扑扑的原木上大力刷着红漆。

"这次来昆纳里家，不会白走一趟的。"警官波尔蒂莫随意地想着，顺手把自行车靠在了还未油漆的南墙上。

"你开始搞装修啦。"他对着胡图宁大声说道，此时胡图宁正拎着油漆桶从梯子上爬下来。

两个男人拿出香烟，胡图宁递给波尔蒂莫一个打火机，心里想着，该死的维塔瓦拉，他一定是把自己倒掉他粮食的事给报告上去了。抽了几口烟后，他问："你是出来公干的吗？"

"一个没有田地的治安警察是不会有粮食带到磨坊来加工的。我是来处理维塔瓦拉的事的。"

抽完了烟，关于磨坊上新漆的话题也说尽了，警官波尔蒂莫这才谈起公事。他从钱包里取出一张罚单，递给了胡图宁，胡图宁读了读，发现这上面记录着他欠维塔瓦拉多少钱，也就是五袋粮食的价。磨坊主进屋取来笔和钱，付了罚单，签了字。罚款不多，不过他还是告诉波尔蒂莫说："那些大麦粒大多数都已经发芽了，本来就该倒进河里，猪都不会吃的。"

警官数了数钱，把钱和存根塞进钱包，若有所思地朝引水槽里吐了口唾沫。

"昆纳里，别摆出一副了不起的样子，警长来调查维塔瓦拉的粮食案子时，说应该把你关起来。是我想办法安抚了他，这才让他妥协下来。得了吧，昆纳里，说实话，维塔瓦拉来找你，那是无可厚非的，他是来跟你讨论你那些疯狂举动的，是不是？"

"他自己才是疯子。"

"他跟警长说，他已经去见过雅尔维宁了，医生答应签署你的委托文件，一旦他签了文件，那么剩下的事就是把你抓去奥卢精神病院了。如果换作是我，我会尽量控制自己。还有西波宁夫妇的事。另外你还把商店的秤放进了井底，那是千真万确的，教员妻子来跟我说过这件事，当然特尔伏拉也给我打了电话。他说他不得不把秤拆了重装，但是精确度已经大不如前。据他说，顾客们已经不怎么信任他了，每天都有人吵架，抱怨他短斤缺两。"

"你有秤的罚单吗？拿来，我付钱赔那该死的秤。"

警官波尔蒂莫过了桥，走到水车边。他纵身一跃，落在了靠近木瓦板锯一边的河岸上，一只靴子进了点水。警官沿着引水槽走到水坝边，胡图宁一路跟着。波尔蒂莫伸手晃了晃水坝边结实的木堆，检查它们是否松动，发现木堆被牢牢扎在了河床上。

"你对这磨坊真不错，修缮得有模有样，"波尔蒂莫称赞道，"这座磨坊从没像今天那么像样过，当然刚建好的时候不算。我还记得这座磨坊在急滩上建造时的情景。那是1902年的事了，那时我只有六岁。好多粮食被拿来这里加工磨粉，是战争才让这座磨坊真正荒废了。你能修好它，是件好事，这样我们就不必再去凯米或是列达卡拉加工木瓦板或者磨面粉了。"

胡图宁开始热情地述说他的计划，说准备把引水槽的最后部分换掉，另外还有些其他想法。

"我觉得可以装上一把带锯，水流的力量本身就够大的，只需要在这儿加装一架新水车，或者把木瓦板锯的水车换得大一些，后面再按上一条驱动皮带，然后把锯子抬高，这样主锯就离得够近了。如果皮带太长了松下来，是会要命的，好多锯木工就是因为这个原因被割得四分五裂的。"

警官思忖着磨坊装上带锯的情景，露出怀疑的神色。胡图宁见状补充道："弄上六十车沙石，就可以造好带锯的底座。那里，就在高处，可以造一个堆垛系统，空间够大，可以堆放原木，想锯多少都堆得下。"

"是啊，现在我明白了。不过切割原木和加工木瓦板不能同时进行吧。"

"如果你用同一架水车，那当然不可以，再说这儿只有我一个人干活儿，也忙不过来。"

"确实。"

警官波尔蒂莫一边想象着新带锯的模样，一边看着胡图宁，露出善意的神色，接着又严肃地说："你的这些计划都很不错，磨坊的情况现在也十分良好，你应该好好努力，争取别再犯傻，这是我作为朋友给你的建议。如果他们硬要我把你送去奥卢，那么这座磨坊又会化作废墟，谁知道到时什么人会替代你来这儿呢。"

胡图宁认真地点点头，表示同意。两人离开水坝，回到磨坊前院。波尔蒂莫取过靠在墙上的自行车，朝胡图宁挥挥手，骑车离开了。胡图宁觉得波尔蒂莫绝对是村里最可亲的家伙了，尽管他的身份是一名警察。

波尔蒂莫的来访让胡图宁想起了莎奈玛·凯拉莫。他们两个同样和善，又都会替人着想。如果明天不下雨，胡图宁就要去乐帕萨里岛见顾问小姐了，广播里说明天入夜前不会下雨，而且幸运的是，整个芬诺斯坎底亚地区会被一股反气旋笼罩。

胡图宁回身继续油漆磨坊。如果漆上一整晚，早晨时分一座大红磨坊就会踞于苏考斯基急流之上。他听说一群赫尔辛基女人正在全国各地巡回演出，表演一出叫作《红磨坊》的歌舞剧。她们会来凯米和罗瓦涅米，演出时，她们会穿上短裙，边跳边露出里头的灯笼短裤和吊袜带。

明朗的夏夜透着丝丝凉意，这时分做些油漆工作，再适宜不过。胡图宁有些疲倦，但是全无睡意。他心里盘踞着两个美好的念头：磨坊即将披上的美丽新外衣，还有明天和园艺顾问在溪间小岛的聚会。他通宵达旦，全力以赴，终于在周日早晨阳光照到磨坊东北墙上的时候，完成了全部工作。磨坊主把梯子和几罐余下的油漆搬进工棚，在河里洗了个澡，绕着磨坊兜了两圈，欣赏着它的美，美得多么光鲜亮丽！

　　胡图宁愉悦地走进磨坊，吃了些芬兰香肠，喝了杯白脱牛奶，随后动身前往乐帕萨里岛。时间依旧是清晨，疲惫的磨坊主躺在阴凉的帐篷里，在干草垫上坠入了梦乡，他的脸上挂着快乐的笑容，仿佛幸福即将来临。

第九章

胡图宁被一阵蚊帐的窸窣声吵醒,他听到外面传来一个女人胆怯的说话声。

"贡纳尔……我来了。"

磨坊主探出一颗睡意蒙眬的脑袋,伸手把仍在犹豫的顾问小姐一把拉进了气味香甜的白色蚊帐。她大为紧张,匆忙向他叙述着大事小情:她真的不该来这里;他们不应如此见面;西波宁的妻子仍躺在床上,下定决心绝不再起身;现在到底几点了;哦……天哪,不过今天天气真不错,不是吗?

胡图宁同顾问小姐一齐坐在干草上,握着手互相凝视。胡图宁想要拥她入怀,可她挣扎着拒绝了他的试探。

"我不是为了这个来的。"她说。

胡图宁抚摸她的膝盖,迫使她投入自己怀中。莎奈玛·凯拉莫心想,如今她是孤身赴约,又身处密林深处、孤岛之上,身边的人又是个精神不正常的,她怎敢冒如此之险?贡纳尔·胡图宁可以随意处置她,无人能够阻止。他可以勒死她,强奸她。他会把尸体藏在哪呢?显然他会在她脚上绑好石块,把她抛入溪中。

只不过她的头发会漂浮在满是漩涡的溪流中——幸好她没有烫发。可是如果贡纳尔把她肢解了埋起来呢？莎奈玛·凯拉莫想象着脖颈上的刀刃切痕，还有手腕上的、大腿处的……她颤抖了，却仍无法挣脱被磨坊主握着的那只手。

此时胡图宁正用爱慕的眼神注视着她。

"这星期我把磨坊漆好了，红色，波尔蒂莫警官昨天来看过了。"

园艺顾问吃了一惊，警官到访，目的何在？胡图宁向她讲述了维塔瓦拉来磨粮食的风波，还说他已经赔了钱了。

"警长让我付的是面包粉的价，虽然那些麦粒都发芽了。还好只有五袋。"

园艺顾问开始热烈地劝说胡图宁，要他一定去看看雅尔维宁医生，难道贡纳尔不明白他是病了吗？

"亲爱的贡纳尔，你的心理有些失衡，这很危险。我求求你，请去找雅尔维宁谈谈吧。"

"雅尔维宁只是一名村医，他对心理疾病有什么了解，他自己还疯呢。"胡图宁态度敷衍地抗议道。

"你就去问他拿点药吧，因为你不能控制自己。现在医生都能提供镇静剂，雅尔维宁可以开处方给你的。如果你缺钱，我可以借给你。"

"跟医生讨论我的问题，会让我尴尬。"胡图宁疲倦地说着，抽出被顾问小姐握住的手。她温柔地望着他，抚摸他的头发，手指逗留在他高耸发烫的额间来回摩挲。她想，要是现在就跟磨坊主睡了，一定会怀上孩子，她会立刻怀孕的。这几天不是安全期，不过对于女人来说，存在安全期吗，绝对安全的那种？那样的高个子男人要是碰了你，你就会有孩子的。一个男孩。她其实不敢想，开始时她的腹部会鼓胀起来，到了秋天，骑车都有困难。脑心手健康联合会在那种情况下是不会准她假的。谢天谢地她的父亲已经在冬季战争中过世，不然他可受不了。

园艺顾问想象着跟磨坊主会生出怎样的孩子：一个头发浓密、鼻子长长的胖娃娃。他出生时身高至少三英尺，没人敢哺他母乳，他可是疯父亲养出的疯娃娃。他不会像普通新生儿那样发出婴儿的嘟囔声，而是会像他父亲那样开口嚎叫，或者至少发出呜呜的鸣声。正常孩子的衣物并不适合他的身量，她得亲手给他缝制水手裤，让他穿着睡上小床。五岁时他就会长出络腮胡子。学校里晨间祷告的时候，他会嘶吼出声。在生物课上，他会模仿各种动物，使教员坦胡玛基不得不把他请出教室。她不再敢去和教员妻子一同喝咖啡。这个儿子会在村中游荡一日，从电线杆上撕下竞选海报。而晚上他会和父亲一同做什么怪事呢？好一个噩梦！

"不，我真的得走了。我就完全不应该来。谁知道是不是有人见着我了呢。"

胡图宁按住园艺顾问的肩膀，她留在了帐篷里。

* * *

这男人有种怎样的气质呢，让人平静的，令人心安的，就这样使人不能抽身离开？莎奈玛·凯拉莫没有任何想走的念头。她可以愉快地在这个阴凉的白色帐篷里待上一整天，甚至一整晚。她心想，以往她十分惧怕精神错乱的病人，但现在却不怕他。贡纳尔有一种魅惑人的力量，一种用理性不能解释的力量。

"如果他们来把你弄去奥卢，就太糟糕了。"

"我没有疯癫到那个程度。"

园艺顾问沉默不语。在她看来，贡纳尔·胡图宁疯得足以让人将他移交奥卢。她听够了人们的闲聊，谈论着"那个疯子昆纳里"。要是完完全全只有他们两个，没有人瞧见他们，那该有多好！贡纳尔·胡图宁时不时发病，园艺顾问对此并无反感，甚至觉得贡纳尔的行为很有趣，自然一点也不因此而责怪他。一个人对自己大脑的运行根本无能为力。村民们只是不理解他，仅此而已。

莎奈玛·凯拉莫开始想象他们婚礼时的情形，贡纳尔会把她引向圣坛，他们会在镇上最古老的教堂里举行仪式，新教堂太大又太过阴暗。九月的圣米迦勒节是个结婚的好日子，再说她没有太多时间做一条六月仲夏节穿的裙装，贡纳尔则需要做一套深色西装，以后参加葬礼时还能穿。不过若是在仲夏节举行完了婚礼，孩子又在次年春天出生，时间上就刚刚好。春天出生的孩子招人怜爱，到了夏天，蔬菜汁又会是代乳佳品。此时园艺顾问已经把孩子勾画成一个双颊泛红的甜美的小姑娘。

他们一家三口会住在小小的磨坊楼里。夜晚的河水浅吟轻唱，孩子在流水的安抚声中陷入沉睡。孩子从不会哭闹，有时贡纳尔会亲自哄她入眠。童床是磨坊主亲手做的，闪着鲜亮的蓝色。起初莎奈玛会将窗帘和漆着木纹的桦木梳妆台从西波宁家的阁楼上搬过来，接着在客厅里装上花朵形的壁灯，下面摆一把柳条编制的四人扶手椅，至少得是把双人椅。他们要把收音机摆放在窗台上，这样人们在外头就能看见。卧房里得有一张双人床，两边摆好床头柜，其中一个得是带镜子的。作为家里的女主人，她得每周清扫地板、给地毯掸灰。还要去特尔伏拉那里买一只摇铃。有时全家一起出门购物，贡纳尔会推着婴儿车，全家一起步行去商店，如果他留在那里喝一瓶比尔森啤酒，随后又和人商议生意上的事，那样也行。她就自己回家，让教员妻子陪着走一段。

不，这全无可能。如果她不立刻离开这架帐篷，那么她就会有了孩子，一个疯子养的疯孩子。然而园艺顾问仍不能说服自己起身离开，她和磨坊主躺在气味香甜的帐篷里，整整待了一天，直到夜幕降临。他们十分愉快，拉着手谈天说地，胡图宁轻抚着她的小腿。直到晚上夜凉了，磨坊主才将她送回到大路上，她在那里跨上自行车，驰回西波宁家。他则思虑万千，回身走向苏考斯基急滩。

今天真是美好的一天。哦，我真爱她，顾问小姐！

见到磨坊沉浸在落日美丽的光辉中，磨坊主不禁想放声高鸣，将他内心所有的喜悦和爱意完全表达出来。然而此时他想起了莎奈玛，想到她是如何坚定地劝说他去看看雅尔维宁医生。于是他把自行车后胎打上气，跳了上去。已是晚上近十一点钟，而磨坊主全无睡意。

第十章

雅尔维宁住在教堂庭院对面的一座旧木头屋子里，位于两边立满桦树的长长的林荫道的尽头。他将诊所和单身公寓合而为一，设在同一屋檐下。胡图宁敲响前门，医生前来应门。他身形瘦削，精神饱满，正是五十来岁年纪。时间不早，他已然换上了夜间便服，脚上穿着拖鞋。

"你好，医生，我来问诊。"胡图宁说道。

雅尔维宁将他领入屋内。磨坊主四处张望，看到房间四壁挂满了狩猎纪念品。壁炉上方钉着兽首，墙上挂着的、地上铺着的，都是兽皮。房间里弥漫着水烟的气味，是一种稳重的男性气息。这里融休息室、书房和餐厅为一体，看得出来有一阵子没有收拾过家务了，但胡图宁觉得此间的陈设很是吸引人。

磨坊主坐在一张扶手椅上，面前是一张麋鹿皮，他一边抚摸着皮毛，一边询问医生，这里展示的众多动物皮毛，是否都是他本人狩猎而来。

"大部分是我自己射杀的，不过有些战利品是从我那已经过世的父亲那里继承来的。比如说这张猞猁皮，还有壁炉上那张松貂皮，就曾经是我父亲的。现在已经很难见到这些动物了，相当稀有。在北方我主要打鸟，当然我也跟理事会秘书一起打到过狐狸和几头麋鹿。"

雅尔维宁热情地描述着，话语引人入胜，他说战争期间，他同军营里的陆军少校一起，在东卡累利阿猎获了近三十头麋鹿。彼时雅尔维宁是一名随军医生，所以能在很大程度上随意活动。他还钓了无数次鱼，战果颇丰。

"卡拉卡少校和我曾经在阿纳蒂河上一次捕获过十六条三文鱼！"

胡图宁开口谈论自己，说他去年秋天在水车旁的流水里捉到过好几条鳟鱼和茴鱼。不知医生是否知晓，那河里都是鱼，尤其是上游河段。

雅尔维宁兴奋得来回踱步。他很少有机会同懂行人谈论猎兽捕鱼之事，况且种种迹象表明，磨坊主深谙此道。雅尔维宁感叹道，凯米河口建了伊索哈拉水坝，真是糟事一桩，三文鱼都不能游上来产卵了。若是能够网来一条三文鱼，在河岸边架火烤熟了吃，那真是再舒服不过了。但是国家需要发电，为了大利益就受点小委屈吧，毕竟后者更为重要。

雅尔维宁从角落的边柜里取出两个高脚玻璃杯，往里注满透明液体。胡图宁举杯品尝，意识到杯中的液体其实是蒸馏酒。酒液烧灼着他喉头，直钻入他的胃囊，在那里轻轻回荡，使那里成为一个火场。他瞬间感到舒适无比，对医生产生了一股尊敬之情，医生正谈论着如何追踪野兔，如何为此挑选合适的猎狗。随后还向胡图宁展示了他收集的猎枪，枪支挂了满墙：有日本军用步枪改造而成的重型枪，有萨科枪，有所谓的室内瞄准枪，还有两把霰弹枪。

"我只有一把单管俄罗斯霰弹枪，"胡图宁自谦道，"我考虑今年秋天入一把步枪。其实去年冬天我已经向警长递交了许可证申请，不过他拒绝了我，还说早就应该来没收我的霰弹枪，谁知道他什么意思。不过其实我更喜欢捕鱼。"

雅尔维宁把武器挂回墙上，将酒一饮而尽，换上一种公事公办的口吻，问："我们的磨坊主今天来问什么诊呢？"

"就是，大家说我有点不，不正常……其实谁知道呢。"

雅尔维宁坐在一张铺了熊皮的摇椅上，仔细把胡图宁上下打量了一番，然后慈祥地点点头，说道："他们说得有几分道理。虽然我只是一个家庭医生，不过如果我诊断你得了抑郁症，我不认为我会错得太离谱。"

胡图宁感到坐立不安，他觉得谈论这些事令人异常尴尬。他知道自己并不完全正常，并且很乐于承认这点，从来他都是知道的。但这该死的不关旁人的事。抑郁症……可能有。抑郁症，又如何？

"得了这病有药治吗？医生能给我开些药吗？这样村里人会平静些。"

雅尔维宁心想，真是令人动容，一个天生受精神疾病困扰的人,虽不严重,但症状明显,惊扰他人。能为他做些什么呢?什么都不能。一个这样的人应该结婚,然后遗忘种种。但是疯子如何寻到妻子?光看他这么高的个子,女人就都吓得够呛了。

"作为医生,我想问问……你有晚上嚎叫的习惯,特别是冬天,这是真的吗?"

"去年冬天我的确低鸣过一阵,是。"胡图宁羞愧地承认道。

"那是什么让我们的磨坊主要那样哼哼唧唧呢?是不是一种强迫行为,就是说你除了嚎叫做不了别的事?"

胡图宁真希望此时身处他处,但雅尔维宁又将问题重复了一遍,使他不得不给出答案。

"就是……就是自动自发的。起初我感到有一种喊叫的需求,让我脑袋发紧,必须叫出声来,大声叫。也不是完全不可控制,那种需求只有在我一个人待着时才会冒出来。叫出声后,人就轻松了,几声就行。"

雅尔维宁又把话题转向了胡图宁爱模仿动物和他人的癖好。这又是哪来的冲动?对磨坊主来说,这种行为有何意味?

"我只是觉得有时嬉闹玩耍一阵挺神气的,不过这常常超出控制,我承认。大多数时候,我挺阴郁的,也不常搞模仿活动。"

"当你心情低沉的时候,你急切地想要嚎叫。"雅尔维宁一针见血。

"对，心情差的时候，叫两声有帮助。"

"你自言自语吗？"

"心情好的时候，有时我会絮叨这絮叨那的。"胡图宁承认。

雅尔维宁走向墙角的边柜，取出一只小瓶，递给磨坊主，说，如果感到特别抑郁，可以服用瓶里的药片，但小心千万别过量服用。一天一片足矣。

"这些药片是战时留下的，现在已经禁止生产了。药品很有效，不过只能在感觉特别不好的时候才能服用，当你真的感到快要叫出声来时，才能吞一片。"

胡图宁将药瓶收进口袋，起身要走。但雅尔维宁说，他还不想睡，不如留下陪他再喝一杯。医生给磨坊主倒了满满一杯蒸馏酒，再给自己也斟上。

两人无声对饮。随后雅尔维宁又谈起了打猎的事。他说，战争爆发前，有一年晚冬，他带着两条荷兰狮毛犬前往图尔托拉猎熊，彼时图尔托拉的冬天还有熊出没。雅尔维宁雇了一个当地向导，那人把他连人带马一起引入一条森林小道，沿途来到了一处熊窝。那是片雪地，熊窝就位于雪地正中。他们把马留在半英里外，再牵着狗滑雪回到熊窝。

"第一次猎熊，真是令人兴奋，那感觉奇妙极了，比去参战还让人爽快。"

"可以想象。"胡图宁边说边喝下一口酒。

雅尔维宁又给两人斟满了酒，接着道：

"我那几条猎狗特别灵,一闻到熊窝的味道就冲了过去!雪花都被它们弄得飞了起来,就像这样!"

雅尔维宁俯身趴在地毯上模仿起猎狗的模样,动作好像正在袭击熊窝里蛰伏的熊。

"就在那时,那头该死的熊突然冲了出来,它也只得如此。猎狗们立刻跳到熊腰上,就像这样!"

雅尔维宁一边怒吼,一边张口咬住摇椅上垂下的熊皮,将一张熊皮甩得飞起。他满嘴是毛,将熊皮拖过地板。

"不能开枪,可能会击中猎狗。"

医生愈加兴奋,他一口吐掉嘴里的几簇熊毛,眨眼间又给两人都添上了酒,随后接着演他的故事。他一会儿模仿猎狗,一会儿模仿受困的熊,激情四射地投身于表演中,不久便浑身冒汗。最终,他做样奋力射杀了狗熊,假装一把掰开熊嘴,把熊舌连根割下,抛给猎狗——动作如此野蛮,连烟灰缸都被他撞翻在桌。不过猎人毫不在意,他装作把刀深深插入熊的胸口,森林之王血溅一地,弄脏了四周的雪。医生弯下腰,假意低头喝起了死熊尚为温热的血液,当然现实中并没什么熊血,因此他只能一口饮尽杯中烈酒。最后他直起身来,脸色发紫,身子一沉,坐在了摇椅上。这情景深深地刺激了胡图宁,他情难自禁,从椅子上一跃而起,开始模仿起鹤来。

"有一年夏天,我在波西奥的沼泽地里见到一只鹤,它在那里昂首阔步,高声鸣叫,就像这样。它在水洼里刺杀青蛙,然后像这样一口吞下,哎呀!"

胡图宁表演着鹤是如何用喙钉住了沼泽蛙类,又是如何伸长了脖子,抬起脚爪,发出刺耳的尖叫。

医生看着他的表演,惊得目瞪口呆。他不理解,他的病人到底为何如此,是在以此取笑他呢,还是真的发了疯,竟然突然模仿起一只鹤来,即使那并不是他的猎物。胡图宁刺耳的尖叫声激怒了雅尔维宁,他觉得阴晴不定的磨坊主一定是起了疯念头,要这样嘲弄殷勤招待他的主人。医生站起身来,语气僵硬,道:"朋友,别再弄了,我不能容忍有人在我家里扮丑作怪。"

胡图宁噤声,立刻平静下来,说他一点也没有惹恼医生的意思,他只是在展示林中动物在栖息地上的行为举止。

"医生你也模仿了熊,而且很精彩!"

雅尔维宁不禁大怒,他只是在演示一场打猎活动,并不意味着别人应立即有样学样,并且弄得如此荒唐,如此乏味。谁也没有权力在他的屋檐下装疯卖傻。

"出去!"

胡图宁惊呆了,这样就惹怒了医生?人们实在是太容易激动了,真奇怪。磨坊主试图道歉,但雅尔维宁不愿再听任何关于此事的言语。他面无表情,示意胡图宁马上离开,并且不愿接受药钱,还把他未喝尽的半杯酒挪走。

胡图宁匆匆离开,耳鸣不已。他又惊又羞,奔跑着穿过花园,来到两边立满桦树的林荫道上,把自行车忘在了脑后。医生来到门外看着病人离去的背影,他见到那个高大的身影一头冲进了墓地。"如今疯子都以为他们竟可以嘲弄人了,而且那人对打猎的事一无所知,真是个乡下人!"

第十一章

胡图宁在墓地一隅驻足。他心脏抽痛,胃部不适,雅尔维宁的劣质酒烧灼着他的肚肠,雅尔维宁轻蔑的举止啃噬着他的心脏。医生怎会如此生气?他先是给你斟满烈酒,接着又大发雷霆,真是个变化莫测的家伙,胡图宁心想。

磨坊主想要把他的痛苦倾泻一尽,可他怎敢放声嚎叫?

他突然记起雅尔维宁开给他的药片。他从口袋里取出药瓶,打开瓶盖,往掌心里倒了一堆黄色的小药片。要吃多少呢?这药片小到可笑,能起什么作用?

胡图宁将半把药片抛入口中,味道真糟糕,但他管不了了。他大口嚼碎药片,干咽了下去。

"恶心啊!真是噩梦一场。"

雅尔维宁给的药片苦得要命,胡图宁不得不冲到墓地的水泵旁,喝了几口水。他靠在一座墓碑上,等待药片起效。这座坟墓属于某个名叫拉萨卡的人,那人已作古数百年。

磨坊主的脑子几乎立刻开始嗡嗡作起响来。安定药汹涌着进入他体内满是酒精的血流,驱散了他的不安。他的心脏急速又沉重地跳动起来，各种念头蜂拥而至，划过脑际。他的额头滚烫，口干舌燥，想要立即做些什么事，任何事……四周的墓碑突然变成了雕工粗糙、尚未完工的石块，并且只是随意四散摆放着，毫无章法。如果能将它们重新整齐地排放就好了。墓地里的老树们也都被放任着肆意生长，铺了满园，最好将它们全部砍掉，栽上新树，这次可得好好布局。红色墙体的木质老教堂也让胡图宁觉得滑稽可笑，黄色板材造就的新教堂简直荒谬得不加掩饰了。

磨坊主爆发出一阵狂笑，四周的一切都是那样引人发笑，树啊、教堂啊，甚至是墓地的围墙都是那么可笑。

他突然感到一阵不可控制的冲动，想要立刻行动起来，在这一股力量的驱使下，他冲出了教堂大门。此时他想起了被他落在雅尔维宁家的自行车，便飞身奔向医生的房子，速度如此之快，以至于他双眼充盈了泪水，帽子也飞走了。他快速掠过道路，在沙子铺就的小道上留下了深深的足迹，自行车寻到了，就在那里！

雅尔维宁正在壁炉旁一边小酌，一边思索着胡图宁的病例。对着如此简单的一个人失去了耐性，他很是后悔。或许磨坊主现出那种丑态，并无不敬之意。或许那个可怜人只是有着粗俗的幽默感，不由自主，只能用如此不当的方式表现出来？医生永远不应对病人发脾气。哦，上帝啊，换作兽医就好办了！在这种情况下，兽医可以简单地判定那头动物是疯了，还是神经失了常，把它处死就是。结果牧场主就会杀死那头牛或马,那头动物永远不会找兽医的麻烦。

雅尔维宁感到抑郁,但他刚闭上双眼就被墙那端传来的一声闷响惊得双目圆睁。医生立刻辨别出那是磨坊主的声音。他从墙上抓下一把枪,系好睡衣腰带,冲出了门,路上差点把拖鞋都跑丢了。

胡图宁单手扶着自行车,绕着房子大步行进。他仿佛正处于一个异世界,双眼深陷,嘴角流涎,动作起伏而怪诞。

"你吃药了,你这个疯子,"雅尔维宁朝着胡图宁大声喊道,而胡图宁对他视而不见,听而不闻,"快回去上床睡觉,看在上帝的分上。"

胡图宁一把扫开手握枪支的医生,翻身跳上车。雅尔维宁丢下枪,双手抓住自行车托架,但胡图宁依然飞快地踩起车来,瘦弱的医生根本不是对手,被拖行了二十码,才最终放手。鞋丢了,碎石路上光着脚,怎么可能阻止一个狂踩自行车的疯子,除非他也疯了,才会想奋力一试。雅尔维宁听到胡图宁狂风般掠过桦树道,嘴里高声喊着些什么,一派胡言乱语,不知所云。

胡图宁又嚷又叫,声音高亢,呼啸着穿过村子。他不请自到,拜访了几乎每一处房屋,高声问候、攀谈、吼叫、摔门、踢墙,直到把住户都吵醒,整个村子被搅成一个闹哄哄的魔窟:家犬狂吠,女人们对着一片乱象痛哭,牧师向上帝祈求怜悯。

村里的警长雅蒂拉接到了电话,有人求助道,请以法律的名义来让这磨坊主平静下来吧。正当雅蒂拉接电话时，胡图宁正巧来到了警长家，他跑上阶梯去踢前门，雅蒂拉连忙去迎他。

胡图宁口干舌燥，向他讨水喝，然而警长并没有满足他，而是取来了他标配的警棍，给了磨坊主有力的一击，直砸耳际，那可怜人脚下一阵蹒跚，两眼直冒金星，跌跌撞撞退回花园，只得双手拍着脑袋继续前行。

警长致电警官波尔蒂莫，波尔蒂莫已然知晓事情的进展。"我家电话响了快半小时了，一刻不停，大家都说胡图宁又发作了。"

"把他铐上关起来，"雅蒂拉说，"镇上的治安已经被藐视得够久了。"

警官波尔蒂莫套上胶靴，给手枪装满子弹，取来一副手铐和一卷绳索，出发去搜寻胡图宁。他满心担忧，现在磨坊主的心情肯定恶劣透了。作为一名并不善于装出一副警察派头的老警官，波尔蒂莫有时觉得警察的职责单为法律服务，实在极不讨人喜欢。

"上帝啊，我请求您，让他平静下来吧，这样对大家都好。"波尔蒂莫祷告着。

警官很快确定了男人的动向，前去实施逮捕。这个夏夜随着胡图宁的节奏而律动着，波尔蒂莫听到西波宁的农场上传来阵阵响彻云天的喧闹，以此判断，磨坊主必定在那里逗留，显然他的到访并没有受到热情的欢迎。

在西波宁家的院子里，胡图宁遇见了一群村民，他们群情激昂，义无反顾。队伍里有商店主人特尔伏拉、教员坦胡玛基、牧师夫妇、几个教区居民、西波宁先生本人，以及他的农场帮工罗诺拉。农场里受过训的猎熊犬在众人脚下奔走穿梭，想要把一口犬牙深深插入胡图宁的臀部。园艺顾问莎奈玛·凯拉莫深感恐惧，只敢在阴影交错的院里旁观这一切，心下祷告着，嘴里呻吟着。西波宁那被独自留在病榻上的伤残妻子不愿被置身事外，一下从床上跳起来，怒气和好奇心搅得她心神激荡，完全忘记了自己长期瘫痪的状态，她一刻不停地冲到窗前去看众人群殴苏考斯基的疯子磨坊主，真是一场好戏。

村民们对胡图宁一阵拳打脚踢，终于使他闭嘴。警官波尔蒂莫赶到了，人们夺过警棍，给了磨坊主好一顿抽打，连旁观的警官都感到不适。胡图宁用尽最后一丝力气伸手抓住罗诺拉的脚踝，大力扭转，农场帮工痛得大声尖叫起来，音量把周遭的骚动声都压了下去。

磨坊主精疲力竭，寡不敌众，最终不得不屈服。波尔蒂莫给他铐上手铐，学校教员和商店主人把这可怜的俘虏拖上一辆马车，五花大绑。牧师坐在胡图宁的脑袋上压着他，等待其他人把马备好。磨坊主张口咬住牧师臀部，不过这并没有造成什么不幸的后果，至少对于牧师妻子而言。随后西波宁站在马车上，扬鞭策马，众人出发把胡图宁送往警局。

快到教堂的时候，雅尔维宁跑出来迎面拦截住护送队伍，他手里握着枪，大声喊道："停车！让我检查病人！"

雅尔维宁绕到马车后头，瞪着被缚住手脚的磨坊主，随后立即给出诊断："精神完全失常。"

现时的胡图宁精神分裂，缄默不语，只面无表情地盯着医生看，不知来者是谁。雅尔维宁搜出了胡图宁携带的那瓶药，迅速装进自己口袋，又抹去了病人嘴角残留的白沫，然后挥手让队伍继续前进，说："把他扣押好了，我明天就填写送他去奥卢的文件。"

西波宁扬鞭催马前行，马车朝着村警局绝尘而去。雅尔维宁看到警官波尔蒂莫拿出自己的手帕擦拭胡图宁的额头。

医生回到家，抖掉拖鞋上的沙土，把枪挂回墙上。他把从胡图宁身上搜来的药瓶放回到柜子里。瓶里的药片所剩无几，见此情景，他悲哀地摇摇头，然后直接拿起酒瓶往嘴里灌了口酒，使自己平静下来，接着倒头便睡，连拖鞋都还挂在脚上。

商店主人、学校教员和牧师聚首在西波宁家，牧师抚摸着西波宁家脾气暴躁的狐犬，西波宁太太煮着咖啡招待众人，她猛然间想起自己正患着不治之症，随即立刻拖着"病体"回到卧房，尽力装出瘫痪在床的样子，躺在那里长吁短叹，为自己的疾病哀号，哭诉着自己将终身卧病在床的苦恼，悲叹着自己不得自由，直到身亡的灾祸。

莎奈玛·凯拉莫在那一天通宵未眠，想到她亲爱的贡纳尔被人莫名绑走，她在被窝里辗转反侧，不断饮泣。房间清冷、伊人绝望，渐渐地，这名年轻女子的悲痛转化成一种爱恋，难以安抚。

胡图宁被铐着双手,在牢房里陷入了沉睡。第二天醒来,他吃了一惊,自己怎会被绑在一辆车的后座上,身边坐着警官波尔蒂莫?警官轻声告诉磨坊主,几乎带着道歉的口吻:"昆纳尔,我们已经到了西莫。"

第十二章

　　精神病院是一堆红砖砌成的房子，巨大而阴沉。看上去更像是一所兵营，或是一座监牢，而非一家医疗机构。警官波尔蒂莫注视着眼前的建筑物，说道："我一丁点也不喜欢这个地方，但是昆纳里，请别因此责怪我，此事与我无关，我只是奉命把你送来此地。如果可以，我会放你走。"

　　胡图宁办理了入院手续，分发到一套病号服：一身破旧的睡衣，一双拖鞋，以及一顶羊毛帽子。睡裤太短，袖子也是，没有腰带。钱和随身物品都被没收。

　　磨坊主被领着穿过了闹哄哄的走廊，来到一间颇大的病房，病房里已住着六名病员。他被带到一张病床前，领着他来的人对他说，现在他不用再为病情挣扎了，只需静静地屈服于它就好。门砰的一声被关拢，随后传来沉重的钥匙转动门锁的声音，门内就此全然与世隔绝。事情就是这样了，胡图宁意识到，他终究被送进了疯人院。

　　房间里又阴又冷，里头摆着七张铁床和一张桌子，所有家具都被钉在水泥墙上，墙上有一扇高窗，安装着栅栏，通过窗户目测墙壁至少有三英尺厚。墙上脉络似的布满了裂缝，缝中都嵌了石灰。天花板中间吊下一只透明灯泡，不见灯罩。

其他病员都在各自床上，或坐或躺，对于新病友的到来，他们连眼皮都不抬一下。胡图宁一边的邻床是一位颤颤巍巍的老者，他蹲坐在床垫边缘，双目紧闭，嘴里嘟嘟囔囔絮叨着，不知所云。另一边是一位年纪略轻的秃顶男子，眼睛一眨不眨地盯着房间一角。此人的邻床是一位瘦骨嶙峋、泫然欲泣的少年，是屋内年纪最小的一位，正一刻不停地变换着脸上的表情，一时喜不自禁，一时悲伤苦恼，他上一秒还皱着双眉，下一秒就松开颤抖的双唇，摆出一个傻傻的、机械式的微笑。

房门边有一张病床，与其他床保持着一段距离，床上绑着一名男子，那人乍一看与常人无异，看起来非常健康，他正在躺着读书。

房间的尽头有两名表情阴郁的老年男子，正蜷缩在一起，似乎非常享受对方的陪伴，两人共尝悲哀，一无他求。他们互相凝视，不发一言，眼里闪着光。

房里充斥着一种深深的绝望与冷漠的气息，胡图宁试图打开些局面，在这群深受病情困扰的病人中间带出些睦邻友好的气氛，他微笑着打起了招呼，问道："大家好吗？"

没有回应，只有门边读书的男子略有些示意。磨坊主又发声询问这里的规矩，还想问问大家都来自何方，不过全是徒劳。病友们个个深陷在各自的思绪中，无人表示出任何想同他交流的意愿。胡图宁只好认命地叹了口气,倾身上床。

晚上来了一名面色红润的护工,他高卷着袖口,似乎期待一场打斗。他精气十足,语气粗鲁,朝着胡图宁大声询问:"你就是今天早上被送进来的那位?"

胡图宁点点头,说其他病员几乎对他一言未发,真是令人吃惊。

"这些人都挺消沉、挺安静的。新来的一般都住在这儿。这里情况还好,另一边的病房里就很混乱,各种躁动。"

护工向胡图宁介绍了病院对病人的要求。

"你得守规矩,不要伤害他人,餐饭每日供应两次,一周可以洗一次桑拿浴。想小便就自己去,柜子里有尿壶,想大便要叫人。医生每周一过来巡视。"

护工锁门走了。胡图宁心想,今天是周四,到周一才能见到医生,中间有宽裕的时间。他躺在床上想睡上一觉,然而雅尔维宁的药片还在他体内起效,他只迷迷糊糊地打了一阵瞌睡,天黑后,睡神便抛弃了他。

护工在某一时间进房关照大家上床睡觉,大家乖乖照做。很快天花板上耀眼的电灯就熄灭了,有人按下了设置在走廊里的开关。

磨坊主聆听着病友们睡眠时发出的声响,有两三个人打着呼噜。空气是污浊的味道,角落里某个病友时不时放上一个臭屁。胡图宁想去把他叫醒,但又记起,角落里睡着的是那两个最最令人不安的病友。

就让他们几个放屁吧，谁让他们是那样不幸的可怜人。

胡图宁心想，任谁在这样一个地方待着无法早日出去，都是会疯的。躺在漆黑的房间里，周围都是精神病患，实在令人毛骨悚然。到底有什么用呢？这样的禁闭能医好病患吗？一切都是那么秩序井然，有条不紊，令人难以做出哪怕一个微小的决定。甚至连解手都不能独自解决，护工会在一旁监视，确保环境不会被弄得糟乱，令人感到羞耻不已。

开始几天，胡图宁夜不成寐，他躺在床上辗转反侧，汗流浃背，唉声叹气。他想开口吼叫，可是终究还是忍住了。

白天时间过得比较快些，胡图宁甚至还得到了几个同室病友的一些回应。那个骨瘦如柴的男青年，就是那个时刻变换着表情的青年男子，好几次走过来跟他聊天，述说自己的生活。这可怜的年轻人说话颠三倒四的，胡图宁一个字都弄不明白，只得冲他不停点头，表示同意他的一切观点，用类似"啊，对呀，确实如此"这样的词句来回应。

食堂里总是一副骚动喧闹的景象，不过一日两餐总算驱散了些日常的单调。许多病患用手指进食，任凭食物的汁液自嘴角溢出，在腮边流淌。他们把餐盘打翻在地，然后咯咯傻笑，尽管随即招来一顿严厉的训斥。

有一个负责每日打扫房间的女人，脾气非常暴躁，对病人们从不忘发出大通的斥责。你们这些懒胚废物，她骂道，你们这些邋遢鬼。

"你这么个高个子，怎么也犯傻？"她这样责骂胡图宁。

护工时常进来给病人们送药，他把药片递给每个人，大家必须当着他的面把药片吞服。如果有人没有立刻吞药，他就会卷起袖子，大力捏开违抗者的牙关，把药片塞进他的喉咙。每个人必须服下病院所开的药剂，情愿，或者不情愿。胡图宁问，为何没有给他开药，护工厉声回答："周一医生就会给你开处方了，冷静下来吧年轻人，除非你想被送去另一边那些十分躁动的病房里。"

胡图宁问，那边什么样。

"很躁动，像这样。"

护工提起一只毛茸茸的拳头，猛地朝磨坊主的脸面击去。胡图宁把头一偏，避开了他的袭击。他恨这卑鄙又暴力的男人，晚上要是哪个病人没有立刻按照他的指示马上跳上床去睡觉，他就会抓着那人又摇又晃，拳打脚踢。胡图宁心想，到了周一见了医生，他就要离开这个地方，走之前他要抓着这个畜生护工，拿他当成拖把去清理走廊，作为给大家的临别赠礼。但在那之前，他得好好自控。

周一到了，胡图宁被送到了医生那儿。

医生留着络腮胡，看上去邋邋遢遢的。此人习惯性地把鼻梁上的眼镜取下又戴上，乐此不疲。他还时不时从口袋里掏出一块脏兮兮的手帕，拿它来仔细清洁镜片，又是哈气又是擦拭的，忙个不停。胡图宁一眼看去，觉得这人既紧张不安又漫不经心，显然是个愚笨之人。

胡图宁马上进入正题，要求出院。医生翻看着桌上的文件，严肃地说："但你才刚被收治，病人们可不能像这样说走就走。"

"但问题是，我没有真正发疯。"胡图宁用他最最正常的嗓音解释道。

"当然当然，这疯人院里有谁是疯子？我是这里唯一精神有问题的人。这点大家都知道。"

胡图宁告诉他，他是一名磨坊主，苏考斯基急滩旁的村民们急需他所提供的服务。他必须在夏天到来之前修好磨坊，这样秋天磨坊就能开始运作了。

医生问，为何一定要在秋天展开业务。

"怎么说呢，秋天是芬兰收获的季节，你明白吧，农民们会把粮食送来我这儿加工磨粉。"

磨坊主的回答让医生感到好笑。他取下眼镜来擦拭，脸上带着了然的笑容。重新戴上眼镜后，他几乎是恶狠狠地说："有一件事你必须搞明白，既来之则安之。至于磨坊的事，已经过去了。"

医生又问胡图宁是否参加过战争，见胡图宁说是，医生的双目亮了起来，闪着意味深长的微光。他问胡图宁服役的地点，胡图宁说，冬季战争期间，他曾在卡累利阿地峡服役，而上一次战争时,他则到了拉多加。

"在前线吗?"

"是……像我这样的男人总要上前线的。"

"前线上难不难?"

"有些时候挺艰难的。"

医生在笔记本上记了几笔,又似乎是自言自语地道:"战争神经症……不出所料。"

胡图宁想要反驳,说他的神经从未给他在战时带来什么烦恼,现在也没给他惹多大麻烦,但医生挥挥手,让他离开。胡图宁又提起要出院的事,医生的视线离开眼前的文件,抬眼说:"类似这样的战争神经症是很严重的,尤其是停战几年后才出现的病症。你必须接受长期治疗,这很重要,但请你别担心,我们会让你恢复健康的。"

几个护工把胡图宁送回病房,房门在他身后被重重合上。

磨坊主坐在病床上疲累不已,心想,生活就这样戛然而止了,他成了这所毫无人道的监狱里的关押犯,因着一个白痴医生的主观判断而被摆布得办法全无,又身陷一群阴郁而不幸的病友中间,有可能在这里一留数年,或许还会在这石墙内死去。从今往后,一个恶话连篇的清洁工和一个野蛮残暴、一心只想揍人的护工将会是他唯一的消遣。无尽的时日间或点缀几次由人监管的厕所之旅,或者游荡去那个被称作食堂的猪圈。胡图宁重重地叹了口气,直直躺倒在床,闭上了双眼。可睡意迟迟不来,他头痛欲裂,脑袋好似被一把老虎钳夹住。他想要吼叫,但当着这些人的面,他怎能如此?

过了一阵,胡图宁突然一惊,原来是躺在门边的病友站起了身。

"喂,别出声,假装什么事都没发生。"那人说道。

胡图宁睁眼瞧他,露出疑惑的神色。

"我没疯,不过那些家伙并不知道,"他接着说,"来,咱们去窗口那儿聊聊。你先过去,我一会儿跟上。"

胡图宁走到窗前,那个神神秘秘的同伴也立刻悄然而至。那人望向窗外呢喃道:"就像我刚才说的那样,我没疯,而且我觉得你跟我一样,也没啥毛病。"

第十三章

那人四十来岁,脸型宽大,气色很好,举止轻松自在,态度和蔼可亲。

"我名叫哈波拉,不过咱们最好还是别握手了,免得让那几个臭傻子瞧见。"

胡图宁告诉他,几天前他还完全是一个普通磨坊主,他曾跟医生谈过,让医生放他回磨坊,可是医生不准他出院。

"我是做房地产的,"哈波拉回应说,"可自从我被迫来了这里,战争就把我的生意搞得一团糟。在这个地方想要管好外边那摊事,相当复杂。如果我能进出自由,那么一切就简单得多了。等我在这里待够了十年,我就不再装疯卖傻了。我在黑纳帕有一处房产,或许我会用它来开一家店或者办个公司。"

他说,那栋房子现时正在出租,因此他的银行账面很漂亮,住院又没多出什么开销。

他是一九三八年在奥卢的黑纳帕区造的物业,竣工前已招了六个家庭当租客了。接着战争就爆发了,他被送往前线,整个冬季战争期间,他都在苏奥穆斯萨尔米上空盘旋。

"当时很危险,连队里好多人都战死了,那时我就想,等不打仗了,我就再也不去上前线。"

战争间隙,哈波拉又招了些新房客,替代那些战时死去的房客,生意很好,哈波拉甚至想讨一个老婆,可是初春时,奥卢街上到处可见德国兵。春夏交替时,世界又恢复了战争的气氛。哈波拉开始想方设法躲避战争,如果战争真的即将再次爆发的话。

"我开始装腿瘸,又抱怨眼睛近视,可是医生不愿意签署医学证明,有人报告说我身体十分健康。当然我没有瘸着腿到处走,也没有时刻都眯缝着眼睛。"

哈波拉没有被分配进相对轻松的地方自卫队。情况似乎有些糟糕,这个生意人灵敏的鼻子嗅到了战争的味道。

"那时我想到了装疯的主意。一开始,人们嘲笑我,拿我取乐,但是我没有放弃。我深深知道一件事:那就是我不要去打仗,太辛苦太危险了。但不是所有人都能装得了疯,你得做好充分的考虑,一心一意,这样人们才会相信。"

胡图宁对他的经历很感兴趣,问道:"你装的什么疯?会不会吼叫?"

"别傻了,疯子才不吼……我开始胡言乱语,我要别人认为我是个妄想偏执狂。我说有人想在我的车库里掐死我。如果医生给我开药,我就说他要毒死我。我甚至写信给报社,报告有人故意伤害!我还向警局报告,揭发左翼分子、右翼分子,还有中间派。我又告诉警察,我的银行经理想要蓄意让我破产。我成功了,他们立刻把我送来了这里,也不算太早,一星期以后,希特勒就进攻了俄罗斯,过了几天,芬兰也跟进了。幸好我早就转移了财产,才不致穷得叮当响!"

哈波拉把那幢楼转至他姐姐名下,怕国家没收他的财产。整个战争期间,他都待在这间疯人院里,院方很快断定他全无痊愈的可能。在此期间,他总共增重六磅。

"这样看来,我在这里过得更好,但是周围待着一群无忧无虑、成天做梦的疯子,时间可真难熬。"

芬兰签署了休战协议,退出了战争,在那以后,哈波拉表现出康复的迹象,可是接着拉普兰战争爆发了,他又旧病复发。直到德国战败后,哈波拉才彻底恢复心智。他要求重返人群,过回普通人生活。

"他们却不放我出去,真该死!医生拍拍我的肩膀说:哈波拉呀哈波拉,让我们镇定下来,好吗?"

这男人愤愤不平,他从来都是一个完全正常的奥卢人,可是现在却没人相信他。

"你怎么不逃跑呢?"胡图宁问道。

"逃去哪里呢?如果你是做房地产的,就躲不到哪儿去。我得住在奥卢,就是我物业所在的地方。但你只需在停战后等足十年,然后直接去到主任医生那里,说明一切情况就好。"

"那你为什么不现在就去跟他说,你一直以来都是在装疯呢?"

"过去几年来，我常常思考这件事，但是事情并不那么简单。当然我会被放出去，可这有什么好，我会马上被投入监狱的。战时装病可是一项罪名，你明白吧，只有过了十年以后，才可被免于追诉。"

胡图宁觉得也对，是要等到不用被起诉的时候。要是从医院直接入狱，就太苦了。

"可是你在这里怎么维持你的生意呢？"胡图宁问道，"窗口装着栅栏，门又是锁着的。"

"我有钥匙，几年前从一个护工那里买来的，尽管如此，我也只能在半夜才能去城里，想要在白天避人耳目溜出去，基本做不到。一年有个一两次吧，我得白天出去收回拖欠的房租，其他的文书工作什么的，就在晚上做了。维持一栋楼的出租工作是挺困难的，尤其是当人们认为你的脑筋不清楚时。"

"别担心，他们也觉得我不太正常。"胡图宁安慰道。

"怎么说呢，你一定是有些精神错乱的，而我近十年来，天天要装疯。人家上战场也就五年，我呢，时间翻倍，太难了。"

哈波拉沉浸在自己不幸的遭遇中，但只过了一会儿，他就立刻回过神来，开始叙述起他那令人羡慕的境况。

"幸运的是，我银行账户里的钱慢慢积攒起来了。你看，我在这里有人照顾，又不必花钱，到了该出去的时候，我的财务状况将会非常良好。"

哈波拉悄悄递给胡图宁一支烟，说，这是他从镇上弄来的。

有时候时间太难打发，他还在被窝里偷偷喝过酒。

"千万别尝试在这儿搞女人，会立刻被抓住，而且这儿的女人个个都疯，把她们弄兴奋了可太危险了。"

两个男人抽着烟，沉默不语。胡图宁思忖着哈波拉的命运，似乎从这里逃出去，希望渺茫，无论你是自愿来这里的，还是被迫而来。

哈波拉让胡图宁发誓不把他的秘密泄露给第三人。胡图宁有些疑惑，问，房客们见他来收租，难道不会去告发他这个房东吗？

"告发我对他们来说半点利益都没有，"哈波拉答道，"如果他们开口举报，我就会把他们赶到大街上去。好在奥卢的出租房源非常紧俏，那几个破烂货没有任何立场去告发我。房东疯还是不疯，他们都必须按时交租。"

第十四章

奥卢精神病院的仲夏节与整个芬兰的其他地方截然不同。全国各地都在愉快地庆祝这光之节，宣告盛夏的到来。焦虑不安的病人们自然不能入睡，哪怕片刻，节日当晚又叫又闹，这当然不是为了庆祝夏至，只是他们每日作息的必然环节。哈波拉说这疯人院对节日从不在意，只在圣诞节时通融一下，让几个五旬节派的教徒到最里间的休息室去唱几首最为哀伤的挽歌。据哈波拉说，那时的气氛总是沉重而压抑，唱歌的教徒们非常害怕锁在病房内的室友，因此他们总是以最快的速度翻着手中的《圣经·旧约》，而且为了安全起见，他们还在歌声中透出威胁之意。

"当然咯，我们来这儿也不是为了狂欢。"哈波拉补充道，语气嘲讽。

仲夏节后一周，胡图宁被召唤到病院秘书办公室，两名护工带着他去见医生。

医生正在细看胡图宁的档案，同时照例无心地翻找着眼镜。他示意胡图宁坐下。

"站门边吧，以防万一。"他吩咐护工。

医生告诉胡图宁，他已研究过病人档案，也仔细读过了雅尔维宁医生从当地诊所里送来的报告。

"情况不怎么乐观啊。正如上次我所表明的，你表现出的是一种慢性战争神经症。战争期间，我曾是一名陆军上校，服役于医疗部队，因此我非常了解这类疾病。"

胡图宁不服，说他并无病痛，要求立即出院。医生不理他的诉求，只是翻看着一本《军事医学评论》。胡图宁见那期刊是1941年的，只见医生打开刊物，翻到一篇文章，名为《关于某些战争精神病和神经症及其后果》。

"别盯着看，这跟你没关系，"医生嘟囔着抱怨，又取下眼镜擦拭，"专家已经用科学方法研究了这些问题。文章里说，1916年至1918年期间，英格兰军队在佛兰德斯沼泽地作战的战士中，有三分之一被临床诊断为因罹患精神病或神经症而不适合前线作战。战争精神病及神经症有其特殊性，那就是非常容易影响体质虚弱的人群，假使发作过一次，那么就很有可能在细小外部事件堆积的刺激下反复发作。专家们还注意到，1920年至1939年期间，芬兰军队上下有13 000至16 000人心理状态脆弱，我猜这些人中有大部分是参过战的。"

医生抬起头来，目光越过桌子直视胡图宁的双目。

"上次你自己说，我国参与的两次战争你都参加了。"

胡图宁点点头，却道，他不明白自己参战的事实怎么就能证明他有精神疾病呢。

"我又不是唯一参战的人。"

医生又从文中摘了几段内容,讲给胡图宁听,好让他明白。护工们点了香烟打发时间。胡图宁也想抽烟,但是他知道,病人是没权利吸烟的,哪怕是一口。

"战时生存的原始本能是引起心智低常的原因……军队所提倡的自我超越及牺牲精神等品质并不能影响战士心理,与此相反,他们会尽其所能地躲避危险和不快。鲁内贝格诗歌中的主人公斯凡·杜华[*]是一个极端罕见的例外。"

医生表情憎恶地看了胡图宁一眼,随后又低头读起文章来,他压低了嗓门读了几段添加了下划线的段落,接着大声读道:"精神欠正常的人群通常表现出行为错乱的现象,常见的异常行为有:发出如婴儿般的咿呀声、任由粪便污秽身体、将排泄物涂抹于墙上并舔食等……"

医生转头问正立在门口聊天的护工,是否觉察到病人有过类似的症状。年长的那名护工把手中的香烟按到窗台上的花盆里掐灭,说:"据我所知,他至少还没吃过大便。"

胡图宁对此表示强烈反对,责问他是否有过这样令人恶心的行为实在是太无耻了。他愤然离座,一跃而起,但那两名护工立

---

[*] 杜华是十九世纪芬兰首屈一指的诗人约翰·卢德维格·鲁内贝格(1804—1877)所创作的史诗《军旗手斯托尔的故事》中的主人公之一。该史诗以瑞典语创作,详细记述了1808—1809年俄瑞战争中芬兰战士的英勇表现。诗中的第一个故事被改编成为芬兰国歌"Maame"(《我们的国家》)。——原注

刻同时站了起来，胡图宁只得吞下怒气，重返座位。护工中年轻的那位态度随意地说道："如果你吵闹滋事，我们就把你锁上，这样对大家都好，对不对，医生？"

医生点点头，随后表情严厉地望向胡图宁。

"请一定努力平静下来，我认为你的神经正处于一种非常不佳的状态。"

胡图宁心想，如果他是自由身，一定要把这三个蠢货捶成肉泥，就像病院食堂里供应的那种。医生继续朗读文中内容，似乎并不是念给在场的护工和病人听，而是为了他自己的缘故："包括炸弹或重型手榴弹爆炸、被埋身于废墟之下、近身肉搏等经历的暴力心理体验涉及到体力的使用，且有即刻死亡的危险，会使病人产生休克反应，这种反应的症状通常分为程度相当的两部分：生理性症状和心理性症状。生理症状包括：视力问题、听力问题、肌无力，以及心因性麻痹症状……心理症状有：注意力分散、心理阻滞、记忆缺失等，这些心理症状有可能诱发精神完全错乱。在大多数病例中，冲击性精神病的症状会很快减轻，但之后会表现出极度疲劳、失眠、容易夜惊等症状。而在许多病例中，病症会积淀成一种神经反应，在面临压力时全面爆发。"

医生念完后，专心观察着胡图宁，几乎是自言自语地嘟囔道："磨坊发出的呼啸声难道不像炸弹的爆炸声吗？"

"磨坊并不会发出那样大的噪音，"胡图宁怒气冲冲地反驳道，

"而且医生，我也并没有曾经被埋在废墟下的经历，如果这是你想要的答案。"

"冲击性精神病通常与脑机能障碍相关，这种障碍是由大气压力造成的，而且需要相当长的恢复时间。"医生态度生硬地说道，"而且还有可能留下永久性的后遗症。只要得过此类病症的人群基本上就没有能力再上前线服役，即使从事其他工作，也无法再担起任何责任。作为一个磨坊主，工作起来难道不需要肩担重责吗？我猜磨坊主人必须事无巨细，经手从处理麦粒到运作整个磨坊的各种事情。"

胡图宁低声道，做磨坊生意并不比从事其他工作有更高的强度要求。医生对他的话听而不闻，继续又念了一段文中划线部分内容："从冲击性反应中完全康复的人，较易在退伍后遭遇经济困难或其他挫折时，产生进一步神经症反应。这轮新的神经症攻击性行为必定是自身体质虚弱以及从军中被遣散后所处的境遇共同作用下的结果。"

医生把杂志推到一边。

"我的诊断很明确，你有精神类疾病，你是躁狂抑郁病患者，临床表现为神经脆弱以及神经衰弱，这些都是战争神经症所导致的结果。"

医生歇了歇，摘下眼镜擦拭着。

"不过我真的理解，你一定是吃了很多苦，你的报告上说，你有嚎叫的习惯，特别是在冬天，还有晚上，并且你还爱模仿动物……对此我们还得深究一下,尤其是针对你爱嚎叫的特性。在我的职业生涯中,还没怎么遇见过特别喜欢嚎叫的病人。多数人只是会呻吟或者呜咽。"

医生问护工,病人入院后是否吼叫过。

"我们没听到过,不过他一有这表现我们就来通知您。"

"让他叫好了,反正这里也不是什么没有吵闹叫嚷的地方。"

医生转向胡图宁,对他说:"就像你刚才听到的那样,在这所医院里,你有特权可以吼叫。但是我希望你尽量不要在晚上那么做,那样会煽动其他病人的。"

"我不会在这里叫的。"胡图宁悻悻地说。

"你可以随心所欲地叫唤,依我所在的学派的论点,分析病人发出的声响,有利于我们更好地了解他们的病情。"

"我不会吼叫的,我不想那么做。"

"你现在能不能发出点小小的吼声让我听听?让我听听你情绪起来的时候会发出些什么吼叫声,应该很有意思。"

胡图宁平静地说,他不是疯,最多只是有些古怪。不管怎样,如今这情势下,你总能碰到些比他怪异得多的人。医生又擦起眼镜来。胡图宁忍不住气恼,说:"我觉得你的眼镜应该够干净了,你真的需要一天到晚地擦眼镜吗?"

"这只是一个无伤大雅的习惯而已,一种重复性行为罢了,你不懂。"

他示意护工们把病人带走。两人抓着胡图宁的手臂把他拖到走廊上，边拖边踢着他的腰背，让他赶紧往前。到了病房，他们又强迫他躺到床上。随后门被砰的一声甩上，锁眼处传来重重的、满含怒意的钥匙转动声。

第十五章

随后几天,胡图宁意识到他不会立刻从这疯人院里被释放出去,甚至可能永远也出不去了。他想再找医生谈谈,但是医生拒绝见他,反而开了药,让那身强力壮的护工逼着他服下去。

胡图宁思念苏考斯基急滩上的红磨坊,记挂莎奈玛·凯拉莫,想念那美好的夏天,而如今,他只能通过窗户上的栅栏,瞥见夏天的一隅。他感到痛苦难当,想要跟同伴们聊聊,而他们稀里糊涂的,根本不理解他的只字片语。哈波拉是他唯一能与之不时轻声相谈的人。

几天过去了,胡图宁的痛苦感一日强似一日。他成日躺在床上,变得内向不语,沉思着自己那悲惨的人生转折。他呆呆地凝视着窗口的栅栏,栅栏使他与世隔绝,这结局如此冰冷而无可逃脱。栅栏坚硬无比,毫无弯曲的可能,门又永远锁着。胡图宁研究过,看能否从食堂逃脱,但食堂总有强壮的护工当值,毫无希望。胡图宁不禁幻想,若是最糟糕的情况发生,他将不会迈着双腿走出这疯人院,而是被运去停尸房,由一个病理学医师拿一把斧子把他的尸体砍成大小合适的尸块,作医学研究之用。

夜里，胡图宁时常感受到强烈的痛苦与惊惧，这感觉击溃了他，让他不得不起身在昏暗的房间里如同动物园里的困兽般来回走动，一走几个小时。胡图宁感到自己像在坐冤狱，未受审判就被定了刑。他一无所有：没有权利，没有义务，没有选择，只余思想，还有那狂热而不可遏制的对自由的渴望。身边的同室病人一个个都毫无感情又受着苦痛，在这样的环境里生存，胡图宁感到自己快疯了。

一日，那个不停扮着鬼脸的瘦子少年又来找胡图宁，试图跟他聊聊曾经的生活。他颠三倒四的叙述使胡图宁时常跟不上故事的发展。

那是个糟糕的故事。这可怜的男孩有一位精神状态不稳定的单亲妈妈，自有记忆以来，他就饱受饥饿和虐待的侵扰。后来他的母亲被送进了监狱，天知道是什么原因，之后男孩被卖去了一户人家，全家都是酒鬼。男孩在那家必须不停干活，照顾酗酒的男主人和一帮痴痴呆呆的农场帮工。由于他身体孱弱，总要遭受最残忍的嘲弄以及其他侮辱。主人家不允许他去上学，甚至在他得了几次痢疾、伤寒和肺炎的情况下，连医院都不让他去。有一次，他从贮藏室里偷拿了一点熏肉，东家就把他送上了法庭，判进了监狱。在狱中，他被一个令人作呕的连环杀人犯虐打了一年之久。在他终于出狱之后，他在几座远离人群的谷仓里躲了一整个夏天，靠吃浆果、蚂蚁卵和青蛙果腹度日。秋天，人们开始使用谷仓来贮藏干草的时候，发现了他，于是把他抓了起来，却没有把他再次投入监狱，而是将他送进了这所医院。自那以后，一切都变得相对好些了。

那瘦到皮包骨的孩子哭泣着，胡图宁想要安慰他，年轻人就是止不住地落泪。胡图宁感到愈发悲伤了，心下不禁茫然：生活怎可痛苦到如此可怕的地步。

然而，小伙子很快就忘了整个故事，回身坐到了床上，脸上又开始变换着表情，一时欢愉，一时恐惧，阴晴不定。胡图宁拉起毯子遮住脑袋，心想，自己真是快要疯了。

之后的两夜，胡图宁根本无法入睡。白天也吃不下东西，甚至连床都没有下。第二天晚上，哈波拉偷偷塞给他一支烟，而他却背过身去，面对着墙壁。不能入睡，吃了想吐，在这种情况下，要一支烟来做什么呢？

那晚，胡图宁又起身绕着病房一圈圈踱步。其他病人都在熟睡，鼾声大作，病房尽头那对阴郁的病友时不时放几个臭屁。那瘦孩子在梦中轻声呻吟啜泣着，可怜的孩子。胡图宁喉咙干渴，头痛欲裂，太阳穴不停抽动着，心智被折磨得完全停滞。

他开始悄声低鸣，声音涌到喉头，悲伤而含混，接着鸣声变得有些强烈起来，而后突然，胡图宁爆发出一声嘹亮的吼叫声，力量之大，把整个病房的人都震出床外，在墙边摔成一团。

胡图宁用尽全身力气大声吼叫，释放他所有的悲伤、孤寂、痛苦，以及对自由的渴望，连房间的石壁都似乎在他的怒吼声中崩裂开来，铁床也在他声音的力量下震动不已。天花板上的灯闪烁着终于大亮起来,三个护工冲进房间把胡图宁押回床上,三人压坐在他背上,使他不得出声,将他身下的床架弄得嘎吱作响。

护工走了,灯也熄了,哈波拉来到胡图宁的床前,轻声说:"全能的主啊,吓死我了。"

"我再也不要待在这里了,"胡图宁疲惫地说,"把那钥匙借给我吧,我要走了。"

哈波拉表示理解,但他还是对胡图宁说,逃跑解决不了问题,医院还是会叫人把他弄回来的。然而胡图宁坚持要走。

"如果我不马上从这里离开,我会精神错乱的。"

哈波拉同意了,他太明白一个想离开的人被关在这医院里是多么的痛苦。

那天晚上,他们商量好了安排。哈波拉作为商人的天性不允许他无偿地组织这次逃离行动。他说,他要六袋大麦粉作为报酬,胡图宁觉得他要价合理。

"等你的磨坊重新开业后,把大麦粉送到奥卢火车站就行,"哈波拉说道,"不急,不过还是得讲公道。钥匙钱是我出的,而且我还从来没免费送谁出过这里呢。"

哈波拉说,三年前他曾经帮一个病友逃跑过,那女人在进疯人院之前是波的尼亚湾沿岸最受追捧的妓女。

"她很漂亮,为人或许是有些焦虑。现在她住在奥卢,但在拉赫和考卡拉工作,还去很远的波里揽活儿。配钥匙可是花了我很大一笔钱,所以别忘了把面粉给我送来。"

两日后，哈波拉要进城顾生意，胡图宁就打算趁此机会逃离疯人院。

那天等全院上下都睡了，哈波拉用钥匙打开病房门，两人悄无声息地沿着医院里长而安静的巨大走廊溜到厨房，进入了与之相连的洗衣房。他们在洗衣房的储藏室里找到了胡图宁的衣物，衣物被放在一个盒子里，和其他病人的物品摆在一起。胡图宁的盒子被摆放在第一排的最上方，毕竟他是最晚来的病人之一。他穿上衣物，系好皮带，看了看皮夹，里头的钱被拿走了一部分，但奇怪的是，还是留下了点钱。胡图宁把睡衣、睡裤、帽子、拖鞋塞进盒子，放回原处。

"你没换衣服！"胡图宁看到同伴穿着睡衣睡裤穿行在走廊里，不禁吃了一惊。

"夏天不需要换衣服。白天要是得进城，那就另当别论。我在洗衣房的柜子里存了一套相当时髦的套装，不过晚上出来就没必要穿西装了，白白弄得一身皱。"

两人走出一扇侧门，沿着一条碎石路穿过了花园，每踩一步都嘎吱作响。随后他们爬上了一座种着松树的小山，来到一座红砖砌成的旧水塔前。胡图宁转身望向脚下小山谷里那座隐约而阴沉的疯人院建筑，所有的窗口一片黑寂，也无人前来追赶，逃离这座恐怖屋简单得令人难以置信。

女病区的三角窗里传来一阵阵单调的呻吟声，一位焦躁的病人正哀叹她的命运。

胡图宁听到这伤心欲绝的悲恸声,不禁浑身发抖。他想嘶吼出声,以他特有的方式回应这不知被何种苦难折磨得痛苦呻吟的不幸的女人。

正当胡图宁打算仰天长啸时,哈波拉轻声说:"是莉萨·卡斯蒂凯宁,她像这样自言自语快三年了,到秋天就整三年了。我还记得他们刚把她带来时的情景,她被裹在毯子里绑着。一开始他们硬让她套了个木塞口,但是她把假牙留里头了,医疗主任就不让人再给她戴那东西了。"

水塔下是一条通往城里的路,在夏天明亮的夜色中,两人出发前行,一路沉默不语,前往奥卢,北方的白色之城。

第十六章

他们来到了黑纳帕,找到了哈波拉那所木头房子。房子的油漆由于战争变得斑驳,除此之外完好无损。院子里的狗认出了哈波拉,对着胡图宁也热切地摇着尾巴。哈波拉从一大串钥匙里挑出一把,走上台阶感叹道:"你觉得怎么样?像我这样有些傻缺的人,有这么一座漂亮房子已经不错了,对吧?我已经把按揭贷款付清了,银行里还有存款。如果我有驾照,我还可以买上一辆新车,现金付款。实际上,我曾经申请进口一辆私车,但他们说我是确诊的精神病人,所以没批准。"

沿着走廊有好几道门,每道门上都挂着不同的铭牌。

"里头住着我的房客……楼上还有几户。"

哈波拉打开一扇房门,房间里摆着两张床、一张桌子和几把椅子。一个中年女人正在其中一张床上睡觉。

"是你啊……又要我起来活动吗?"她声音里带着睡意问道。

"没必要脱衣服,"哈波拉答道,"我只是带一个朋友过来一阵。明早给他弄点吃的,其他时间别打扰他。"

女人重新躺下,很快又入睡了。哈波拉帮胡图宁计划起未来。

"如果换作是我，我会把磨坊卖了，然后去美国。如果美国不接纳你，那么你就该立刻动身去西班牙。我认识一个陆军少校，战后就去了西班牙，他好像很喜欢那里，平时以栽种康乃馨为生。你的磨坊带着大片田地吗？"

"只有几英亩地，"胡图宁答道，"磨坊状况很好，有一架木瓦板锯，几乎是全新的。在他们把我带走之前，我还找时间重新油漆了磨坊。磨坊里有两副石磨，一副磨面粉，一副磨饲料，只需开启就行。引水槽顶是全新的，水槽底部也修理过了，用上几年都不必翻新。"

哈波拉打了几个电话，打去省里的不同地区，问对方是否需要接手磨坊，但是没找到任何下家。

"半夜谈生意挺难的，"哈波拉说，"房地产商们好像都在睡觉。明天白天我再来打几个电话；我知道在卡亚尼有一个人，他可能有兴趣。不过现在我得走了。等他们明早发现你逃跑之前，我得回到自己床上。"

哈波拉递给胡图宁一支烟，向他道别，然后静悄悄溜出门去。磨坊主环顾四周：墙上贴着肮脏的墙纸，地上铺着两张破地毯，门上遍布着一条条乌黑的污渍，可见墙角应该常年摆着一只冒烟的炉子。床头柜上放着卷发器，柜面上还有一只泡着假牙的玻璃杯。

胡图宁脱了衣服，躺到另一张床上，然后又起身关灯。他想解手，但又不想吵醒女人问她洗手间在哪里。尽管有种种不适，他还是一觉睡到了天亮。

胡图宁被水流声吵醒了,他立刻感到膀胱快被撑爆。灯亮着,女人却不在房里。胡图宁穿好衣物,站起身来烦躁不安地等待着女人从洗手间里出来。女人终于出现时,他急匆匆掠过她朝洗手间奔去,顾不上跟她打个招呼。

女人煮了咖啡放在桌上,旁边还摆着面包片和黄油,以及几个葡萄干小面包。胡图宁告诉她自己是从疯人院里逃出来的。

"我也是,"女人答道,"是哈波拉把我弄出来的。那以后他从没让我消停过,每周来两次,搂着我睡一觉。"

女人梳了头,涂好口红,戴上耳环,下身一条红色紧身半裙,上身一件打褶白衬衫,身段柔软而丰满。她解释道,自己为了生计,不得已成为妓女,哈波拉给了她出逃的钥匙,又租给她容身的房间,但是要价太高,不接客的话,她最终只有重返疯人院。

"做一个自由的妓女,总比被关在疯人院里强。总有那么一天,没人来照顾我生意了,我就只好回去,毕竟我的精神还是挺不正常的。"

胡图宁感谢她提供了咖啡,然后起身准备离开。

"现在你知道我是做什么的了,还不跟我睡上一觉再走?"女人惊讶地问道。

胡图宁闻言吃了一惊,站在门口朝里鞠了一躬,随后冲了出去。一来到街上,他立刻沉浸到对园艺顾问莎奈玛·凯拉莫的回忆中:蚊帐下的阴凉地;芳香的干草;静谧的乐帕萨里岛;她甜美的嗓音；她轻柔的抚摸；她头发拂过他的鼻子，使他发痒的感觉。胡图宁朝车站进发，路上买了明信片和邮票。

胡图宁坐上一列开往北方的火车。奥卢，这座充满着令人憎恶的回忆的城市，被抛在了身后。待列车驶过图伊拉桥，他取出明信片，写给精神病院。

亲爱的医生：

　　我从您的疯人院里逃了出来，也许您已经注意到了。我将前往瑞典，然后去挪威，请您不要来打扰我。无论如何，我根本就不是疯子。您就继续擦您的眼镜吧。

胡图宁

到了凯米，胡图宁把明信片投入了车站邮筒，想到人们会去瑞典和挪威寻他，他不禁露出了微笑。列车启动前，他在车站小卖部买了一打煮鸡蛋，随后朝村中走去。他避开主路，穿越丛林，直接回到了苏考斯基急滩。

磨坊主放任自己沉浸在归家的喜悦之中。美丽的红磨坊依旧傲然伫立在夏天的日头下。胡图宁检查了水坝、引水槽、木瓦板锯、涡轮机，每样都十分完好。周围的自然景致似乎也在庆祝他的回归：磨坊下溪流欢快地潺潺流动着，好像一位心情愉悦的老友。

磨坊门被木板封上了，胡图宁上前一把掰开，钉子、木板飞落在草地上。

磨坊里一片狼藉，房子被人搜过，床被弄得凌乱不堪。餐边柜的门被拽了下来，里头的炖锅都不见了。食橱里的食物被扫荡一空，连胡图宁留在后头的一袋土豆都不见了踪影。

他的步枪也不在墙上，是警长来没收了枪支呢，还是被偷了？食橱里连块面包皮都不剩，为了平复饥饿，胡图宁吞下从凯米买来的最后一枚煮鸡蛋，就着一瓢水，把蛋咽了下去。

他仔细检查了家里的物件，发现少了许多东西：一只大行李箱、一套礼拜日穿的体面西装、一把步枪、一些工具、一把壶、一张床单、一个鲜花图案的枕套、所有的食物……胡图宁大怒，一头栽倒在床上，感觉像是吞了苍蝇，他在脑中想着，谁会是罪魁祸首呢？突然他跳起身来，大踏步来到房间一角，跪在墙根处撬起一块地板，一手穿过底下的保温层，上下摸索着在木屑里搜寻。他的脸色一下紧张起来，表情越来越绝望，不过最后他终于展颜，脸上露出了欢喜的光芒。他大喝一声，一步跃到房中间，手中紧握着一本存折簿。

胡图宁就像从前那些好日子里那样，举头长长地呼啸出声。他被自己发出的声响惊了一跳，赶忙悄悄挪到窗前，查看是否有人注意到。见视线所及处空无一人，磨坊主这才平静下来。他掸去存折簿上的木屑，打开一看，发现账户上仍有余额。除此以外，一切似乎都陷入了困局。

胡图宁透过窗户查看菜园，在奥卢的这段时日，菜地透出了绿色。显然有人经常过来照看：菜苗间毫无杂草，田垄被仔细锄过，间苗工作也做得很好。他心想,一定是园艺顾问莎奈玛·凯拉莫在他离开的这段时间里常来照顾。

他欣喜若狂,转身跑出门外,细细观看着菜园。他发现田垄间留下了女人小巧的足印。

感谢上帝,有这些菜苗的存在。

第十七章

两日以来，胡图宁一直带着期盼望着磨坊窗外的菜地，全心全意地渴望看到园艺顾问莎奈玛·凯拉莫骑着自行车冲下山坡，来到他菜田里忙东忙西的图景。

而他的等待却只是徒劳，园艺顾问并没有出现。胡图宁非常失望，心想，这女子这么长时间以来都对菜园不管不顾的，实在是有些不负责任。

磨坊主已经好久没有好好吃上一餐了，他还记得在奥卢的医院里心不甘情不愿强咽下去的那些烂糟糟的食物。而现在，想到那些糟糕的食物，他竟然流起了口水。还有在凯米火车站买的那些鸡蛋！胡图宁一口气可以吃下一篮。如今他只能将就着灌几口水下去果腹，再把地板缝隙间陈年积下的面粉刮出来，凑上几把当点心。这些完全不能解饥，况且里头还掺杂着许多灰尘，令人作呕。

第二天晚上，饥饿终于驱使磨坊主走出磨坊。他悄悄下楼，掀起地板门，来到涡轮机房，自那里溜出门外。他穿过林子前往特尔伏拉的商店，他饿得看不清前路，脸颊被岸边柳林的枝条频频抽打，眼里饱含着泪水，喉头似乎噎着，而噎住他的并非食物，是悲伤和饥饿。

胡图宁在商店旁的灌木丛中藏身，放眼观察了好一会儿，看是否有村民前来购物，或在近旁徘徊。当他确定店里只有店主夫妇二人时，便敲响了商店后门。特尔伏拉过来开了门，在辨清了来访者是谁后，特尔伏拉立即要把门甩上，但胡图宁抢先一步伸出脚来，把门嵌住了。

"昆纳里，你不能进来，我们关门了。"

胡图宁表示想和店主单独谈谈，虽不乐意，特尔伏拉还是把他领进了门，不过他没把门关上，这样他的妻子便可知晓两人的谈话内容。胡图宁坐在几袋土豆上，从一旁的板条箱里取出一瓶啤酒，慢慢喝了起来。然后开始报出他想购买的物品。

"我要一些普通香肠，一磅吧，再来一磅熏肉，还有一磅黄油，两包烟，提亚康萨斯牌的，再要些咖啡、砂糖、半蒲式耳的土豆、一些烟草。"

"我不给疯子提供服务。"

胡图宁从钱包里取出钱来。

"如有必要，我付双倍价钱，给我吃的，我快饿死了。"

"我已经告诉过你了，我们关门了。我不会卖给你任何东西的，你应该待在奥卢，你这个在逃犯。"

特尔伏拉停下思考了一会儿，接着说："你不在的时候，这里非常太平，整个村子的人都高高兴兴的。你最好自己离开，我什么都不会卖给你的。"

胡图宁把空酒瓶放回板条箱,往柜台上丢了两枚硬币,然后平静地说:"没拿到食物我是不会离开这里的。看在上帝的分上,我上次有东西吃的时候还是周四,甚至可能是周三,在奥卢。"

特尔伏拉一边摇头,一边撤到柜台后面,胡图宁朝他逼近一步,特尔伏拉立即开始往柜台上匆忙堆叠食物。他从架子上把砂糖、咖啡一把拽下来,抓过咸鱼、熏肉和黄油,从面粉槽和土豆槽里舀起面粉和土豆,把这一大摊食物一气堆在胡图宁眼前,装着食物的袋子、盒子把玻璃柜面敲得乒乓响,窗户都被震得发抖,店主接着又往食物堆上丢了几包香烟和十大盒火柴。

"拿去吧!偷走吧!"

胡图宁把钱递过去,但是特尔伏拉拒不收钱。

"偷吧偷吧!全拿去吧!我不会收你钱的,想要的话尽管从我这儿偷。像我这样一个老头跟你这样一个疯子过招,会有什么赢面呀?"

胡图宁开始收拾东西,他把包装盒放回到柜台上,高声叫道:"我一辈子从没偷过一样东西,现在我也不会破戒。我的钱和别人的钱一样是干净的。"

然而店主还是不要他的钱,他把磨坊主反复试图塞进他手里的钞票一把扫开,转身称了两磅粗面粉、一磅葡萄干装在袋子里,抛到柜面上吼道:"把这些也偷去!"

胡图宁再也受不了这种待遇,他从商店锁着的前门直接冲了出去，铆钉在他身后飞溅，叮叮当当掉落到门厅的地板上。

特尔伏拉来到门廊上，看磨坊主奔往何处。可他已经没了踪影，只从林子那传来一些声响。店主猜，那一定是胡图宁。于是他转身回到店里，快速收拾好柜面，回房给警局打了电话。

商店主人特尔伏拉告诉警官波尔蒂莫，胡图宁从疯人院里逃回来了，并且这逃亡者来过他店里，想强行从他店里购买食物，不过被他拒绝了。

"昆纳里有钱。不过我不会变节的，我一分钱不要他的。他刚跑到林子里去了，你最好找到他、逮捕他，不然村子里又该响起他的吼叫声了。"

挂了电话，警官波尔蒂莫戴上警帽，叹了口气，骑上自行车赶往苏考斯基急滩。

胡图宁坐在磨坊里，埋首掌间，感到肚子里空空如也。时间已经很晚了，很快孤独而饥饿的夜晚就要来到了。磨坊主起身舀了一瓢水喝，拖着疲惫的身躯来到窗边。如果园艺顾问莎奈玛·凯拉莫这会儿骑着车冲下山坡该多好，那样事情一定会有转机。

然而此时山坡上出现的是一位老者，胡图宁认出他来，是警官波尔蒂莫。

第十八章

　　警官把自行车靠在磨坊墙根，转身走进楼内，弄出很大的声响。他发现交叉钉牢在门上的板条已经被扯下，也就是说，磨坊主很有可能在家，于是他朝着楼上用一种安抚似的语气喊道："胡图宁，是我，警察，别担心！"

　　胡图宁请波尔蒂莫坐下，警官递给磨坊主一支烟，这是他长久以来抽的第一支烟。他深深地吸了一口，说："在奥卢，他们甚至没收了我的香烟。"

　　波尔蒂莫问胡图宁是不是奥卢那边放他出来的。胡图宁低声承认道："我是自己逃出来的。"

　　"特尔伏拉给我打电话时，也是这么怀疑的。你现在跟我走怎么样？"

　　"就算你当场拿枪射我，我也不会走的。"

　　警官一边安抚他，一边向他保证，绝不会拿枪射他。商店老板确实打过电话给他，不过仅此而已。胡图宁问，警长是否已经知晓他逃回来的事，波尔蒂莫答道，奥卢那边并没有发来任何要求协助的请求，警长还不知道磨坊主已经回到了镇子里的事。

"那我想问,如果你没有接到命令,为什么要来抓捕我?"

波尔蒂莫承认说,他的确没收到指令,不过既然商店老板打来电话……

"情况是这样的,最近三个月,我一直在那里赊账,这有点儿让我不得不听他的指挥。作为一个警官,我收入有限,得罪不起杂货铺老板啊。我把儿子送去了于韦斯屈拉学习教育学,他想成为一名教师。你知道吗,培养一个男孩费用是很贵的。你还记得安特罗吗?他这几年每年夏天都来你的磨坊听你讲笑话,就是那个长腿男孩。"

"哦,那人呀……不过你瞧,咱们换个话题吧……我现在饿坏了。我去店里买不到食物,倒不是因为我没钱。不瞒你说,我已经快三天没好好吃饭了,而三天前我吃的是该死的泔水似的东西。相信我,我现在真的快他妈饿死了。"

波尔蒂莫答应去向他妻子讨些吃食,不过不可能每天都有,而且也不能送来磨坊。或许他们可以在林子里或者别的什么地方碰头。

"作为一个警官,要帮助一个逃亡的人,得小心些。我是不会给罪犯食物的,不过你不同,而且我也了解你。"

波尔蒂莫又递给他一支烟。

"听我说,昆纳里,要是你把这儿卖了,然后逃去美国,不是更明智吗?我听说在美国,精神不正常并不是什么大事儿,疯疯癫癫的人在那里也可以自由生活。只要你好好工作,就不会有人来找你的麻烦。"

"可我一句英语不懂,也说不来。我连瑞典都去不了,我不懂那里的话,我这个年纪要学会一门外语得花太多时间。"

"也对……不过你不能待在磨坊里了。如果你不走的话,明天我们就会写个协查通告来搜捕你,到时候我就得逮捕你,把你送回奥卢了。警方要守法的,你明白吧。"

"我可以去哪儿呢?"

波尔蒂莫思忖起来。叫胡图宁潜入林子里行不行呢?现在是夏天,天气真的很好。磨坊主可以住在林子里,同时通过一些关系来售卖磨坊,接着体面地出国离开。

"你只需要带一本常用语手册,在野外学习。一旦学好了语言、卖掉了磨坊,就可以穿越树林,经托尔尼奥河,偷偷去往瑞典,到时候世界就在你脚下,你自由了。"

胡图宁把这计划考虑了一番,确实,他不能再待在磨坊了。但是逃入林子里也是前途堪忧,令人心生胆怯。他该怎样生存呢?

"你想想'林中军',那些隐居在森林里的逃兵,有些人一住就是几年,"波尔蒂莫激动地感叹道,"你也同样能在森林里好好生存的,就像那些叛军一样。万一被抓,你也不会上军事法庭被判极刑,只会被送去奥卢而已。"

两人谈着话,不知不觉黄昏变了深夜。波尔蒂莫坐在窗边,注意望着窗外,以免有不期的来访。一切都是那样寂静。

胡图宁问,是谁洗劫了他的储物柜,把工具都取走了。波尔蒂莫说，他和警长一同来过，出于公众安全的考虑，没收了步枪和斧子。女牧师来拿走了食物，分发给了教区里有需要的人。

"她没必要拿走那袋土豆，土豆放在柜子里又不会坏。"

"我不知道土豆的事，可能他们觉得你会在奥卢待个几年吧。"

"我的上帝，想想我这几天都是从地板缝里舔面粉吃的！如果你疯了，完全会像生活在地狱里一样，而且我还不是那么疯呢。奥卢那儿有些人是真的疯。"

波尔蒂莫突然一惊，随后指着窗外说："快看，昆纳里……看谁在菜园里弯着腰干活呢！"

胡图宁冲到窗前，把椅子都绊倒了。只见有人在他的菜地里四处忙碌着，是个女人。胡图宁立刻辨认出，那便是园艺顾问莎奈玛·凯拉莫，她正蹲在甜菜埂边拔着野草。胡图宁飞奔出磨坊，一步五格冲下台阶。

波尔蒂莫眼见磨坊主跳过了萝卜地，一把抱住园艺顾问，给了她一个响亮的吻。园艺顾问起初被吓了一大跳，但等她一认出那黑影是谁，便一下投入他怀中，紧紧地用力地抱住了他。

过了一阵，田地里传来愉快的交谈声，波尔蒂莫打开窗户，对那对人儿喊道："轻点声！别让人听到了去报警！快进来！"

园艺顾问和磨坊主拾级而上，走进了磨坊，他们周身散发着快乐的光芒。很长一段时间，两人都不发一声，直到警官清了清喉咙，说："我们昆纳里的情况好像不太健康，作为顾问，你是怎么认为的？"

园艺顾问在警官的注视下，只是怯怯地点点头。波尔蒂莫继续说："昆纳里和我在想，或许他应该偷偷潜到林子里去，至少待到秋天，到时再看情况。"

园艺顾问又点头表示同意，她望向胡图宁，胡图宁似乎也持相同意见。波尔蒂莫又用一种领导似的口吻说："如果我们，也就是园艺顾问和我，达成一致意见，表示不知晓他的任何消息，是否可行？公务员想要帮助身处这种情况下的人，是比较难弄的……我的意思是，我们应该把帮助他的事当作秘密来保守。"

大家都同意这个提议，也说好了当晚由园艺顾问从波尔蒂莫的妻子那里取来食物送给胡图宁。

三人一同离开磨坊，胡图宁拿了一张毯子和一件雨衣，又穿上了一双长筒胶靴。

路上，波尔蒂莫向胡图宁伸出了手，表情姿态十分严肃。

"尽力而为吧，昆纳里。要怪就怪这形势，别责怪什么人。相信我，我没有一丝意愿要来搜捕你。"

波尔蒂莫走后，磨坊主和园艺顾问便前往乐帕萨里岛，中途莎奈玛·凯拉莫折去了波尔蒂莫家，取了些土豆和肉汁，装在一个午餐盒子里带了来。路上食物有些凉了，但对于饿昏了的磨坊主来说，正合适。他默默地吃着食物，几乎带着虔诚的态度，大大的喉结上下移动着。园艺顾问看着他，觉得这场景异常感人，不由得伸出一只手来扶住他的肩膀，又用另一只手去抚摸他的头发。自从上次一别，他是否添了灰发？帐篷里半明半暗，看不真切。

园艺顾问在溪水里把饭盒涮洗干净。胡图宁陪着她走向岛边,但没有跟随她继续穿越。他眼中饱含泪水,目送女人消失在林中。

胡图宁垂头丧气地回到帐篷里,在干草上躺下,想着,这回又是孤身一人了。夜晚安静得一点声息也无,连鸟叫声都不曾听见。

第二部

被困的隐者

第十九章

贡纳尔·胡图宁的生活到达了一个关口，在那里望向未来，情形很不乐观：如今他不过是一个没有磨坊的磨坊主，一个无家可归的人。之前人们将他驱逐，而今轮到他远离人群，自我驱逐。天知道他要躲避到何时。

胡图宁坐在溪边，听流水在夏天的凉夜里从远处的源头奔流而下的歌唱声。他心想，如果他胸膛里长了颗瘤子，那么人们就不会来烦扰他。他们大概只会可怜他，给予他支持，允许他在乡邻里直面自己的疾病。然而，仅仅是因为他的心智与常人不同，他便不能为众人所接受，继而被社会秩序摈弃。不过，他倒情愿过着这样与世隔绝的生活，也不愿身陷医院的铁窗之后，由一众可叹可悲的可怜人作陪。

一条鳟鱼，抑或是茴鱼，自暗河中跳起，惊了胡图宁一跳。鱼跃形成的涟漪从他眼前漂过，融入溪水消失不见。这令他想到，他不会再像从前在磨坊里那样，啃面包、嚼熏肉了，从今往后，他只能依靠捕鱼打猎为生了。

胡图宁把手伸进沁凉的溪水中，想象着自己是一条河鳟，一条至少两磅重的河鳟。他在脑中勾勒出一副图景,自己溯溪而上,与溪流搏击,在浅水中的石缝间急行,泛起阵阵涟漪,间或在一块布满苔藓的石块的庇护下休息片刻,扇动着鱼鳍,鼓动着鳃盖,拿嘴戳破水面,又立即潜返水下,甩甩尾巴,滑身游走,在夜色中继续前行,急流在脑际哗哗作响。此时对一支香烟的渴望把他拉回现实,他一时忘了对鱼游生活的想象,又重新思忖起自己的生活来。

有一点令他惧怕:如此的隐居生活会不会使他彻底疯掉?如果他长久地呆望住一个方向,额头就会产生一种被一道铁圈紧紧箍住的感觉。他必须猛烈地甩头,才能把那种压迫感甩脱。

胡图宁站起身来,漫不经心地折断了几根桤木枝条,抛在溪水里,嘴里喃喃自语:"要是这个样子,我会很容易发疯的。"

他陷入了沉思。回到帐篷后,连串的念头一个怪似一个地闪过脑际,使他辗转反侧,难以入眠。直到晨鸟们开始啁啾鸣唱,胡图宁才迷糊睡了片刻,而即使在这片刻间,他也被梦魇纠缠,一时惊醒,冷汗涔涔。

胡图宁在溪水里洗了洗,虽然已是日上三竿,那溪水里还留有黎明时分凛冽的寒气。他又饿了,不过,哪怕刚才的睡眠再短,现在他也已恢复精神,感到浑身又充满了活力,脑中涌现出对于隐居生活的种种计划。

开始园艺顾问还会送些吃食给他,可是胡图宁意识到,靠她微薄的工资是不可能长期供养一个隐居在林间的大男人的。他开出一张清单，列下那些可助他在森林里独自生存的物品：斧子、猎刀、帆布背包、厨具、衣物……然而所需太多，竟不能一一列举。胡图宁决定前往苏考斯基急滩备齐所需之物。时间尚早，应该还不会有人赶来磨坊寻他。于是他从林间急速穿过，来到急滩，悄悄溜到磨盘底下的涡轮机房，再通过地板门进入磨坊，来到卧室。

胡图宁从橱柜里取出一只七八成新的帆布背包。当初买下这包，真是幸运之举。战争期间，尤其在撤退时，胡图宁曾狠狠咒骂过他那令人苦不堪言的军用背包，装不下几样东西却沉得要命，满满当当一个包，每次都重重撞击他的腰背，擦伤割痛他的双肩，一跑起来更是令他痛苦不堪。而这只背包呢，它大而结实，宽宽的背带里填充着厚厚的毛毡，还有一条腰带以及各种条条带带，便于勾挂大小物品，整个就像小马身上套着的马具和鞍子。胡图宁开始往背包里装东西。

一口炖锅、一个烧水壶、一只煎锅、一只杯子、一把勺子、一把叉子。再带些什么呢？胡图宁又往背包口袋里塞了一小罐盐和一小罐糖，再加一些樟脑油和碘酒滴剂，以及一些止痛粉，这些刚好是磨坊里仅有的药物。

胡图宁将他的毛皮帽子紧紧卷起来，塞到一张毯子里，又把一件旧法兰绒衬衣裁成条来裹足，两条裹脚掌，两条裹脚跟，再加上脚上的羊毛袜子，应该足以御寒了。幸运的是，他的高筒靴状况良好，不过不管怎样还是带上些补洞贴为好。他检视靴子的皮底，不禁自我赞赏起来：走路从不拖蹭，双腿丝毫不弓，因此这胶靴几无磨损。不像有些人从不东奔西跑,却一年穿破两双靴,只因走路磨得厉害。

还有磨刀石和锉刀……

胡图宁把这两样工具塞进包底,又从木料间取来一把锯子,卸掉锯架,卷起锯条,用纸包好了绑在背包上。之后他又去取了晒衣绳,毕竟近期苏考斯基的滩边小坡上应该不会出现多少晾晒的衣物了。

几十枚三英寸长的钉子,一把梳子,一面镜子,一把剃须刀,一把剃须刷,几块肥皂。一支铅笔,一本蓝色方格纸笔记本。另外还有什么是必须携带的呢?要不要装几本书?胡图宁意识到他已把自己所有的存书看了几遍,将这些书带去密林中四处游走,真是毫无意义。收音机呢?太重。仅仅扛着机身穿梭在矮林里大约可行,可是加上电池就再无可能了。

他拧开收音机,里头正播放着晨间新闻,内容关于朝鲜战争。他们每天都要提起这话题,不是吗,胡图宁心想。这些乡巴佬们自然很热爱朝鲜战争了:战争使得木材价格飙升,不知多少人因此一夜暴富。现如今无需售出大堆大堆的原木或木料,一个农民就可以购入一辆拖拉机来犒劳自己了。春天的时候,维塔瓦拉和西波宁卖掉了一大批木材,往后几年都可以过得舒舒服服的了。真恼人,胡图宁关上了收音机。

而那可恶的西波宁太太竟敢赖在床上装瘫子。这种人，卖给我一分钱都不要。

他还需要些针线。他把北芬兰那页从他那本老派地图册里撕下来。可惜没有指南针。带上两条内裤和几条秋裤，还有手套和毛毡拖鞋。毛皮帽子已经在包里了。胡图宁又把他那件羊皮衬里皮夹克卷起来绑在包顶。

难说要在林子里躲上整个冬天……这件战后在考卡拉买的皮夹克可是件贵货。

再来一把刨子，一把凿子，一把鹤嘴锄，以及一个直径一英寸的钻头，至于手柄，随便弄一截木头就行。不过他吃不准刨子在林中是否有用，所以最好别带？又想，要是在野外待到冬天，就需要滑雪板。不过现在他可不会带上这物什，他在心中勾勒出一副画面：夏日炎炎，自己扛着一副滑雪板游荡前行。

如果有人瞧见了，一定以为我疯了。

胡图宁还是把刨子塞进了背包。又拿了一支蜡烛，一些火柴，一架双筒望远镜：其中一面镜片由于战时跌落斯维尔河而变得模糊不清，不过透过另一面能看得非常清晰。他终于有时间把望远镜拆开清理一番了。还需要剪刀和渔具，包括一些渔网、一打旋式鱼饵和飞饵、渔线、渔钩、渔线轮，加上一枚铅坠。从今往后，他就要靠这些来觅食了；至少他已备齐所需工具。飞蝇饵也足够有余，去年整个冬天他都在绑饵，成果无数。

背包塞得太满，要想成功将它背负上身，还真有些棘手。胡图宁试了试，重量几乎压弯了腰背，一时间竟难以挺身直立。

胡图宁拖着背包出了房间，穿过地板门，离开磨坊，来到河那边的林子里。如此负重下快速行走，使他暴出一身浓汗。此时他突然想到，隐匿的日子里可能会用到家里那只锌质水桶，于是他把背包藏在冷杉丛中，转身返回磨坊。水桶有些难以转移，但并不十分沉重。

胡图宁手里提着锌桶，心中努力思考自己是否尚存遗漏。似乎业已备齐所有物品。他望向窗外，瞥见那一隅菜园，心想：或许应该拔些萝卜带走——萝卜已长到可以享用的程度——这时一群男人映入他的眼帘，那是十几个村民簇拥着警长立在田边。磨坊主意识到这些人是前来寻他的，便立即奔下楼去，匆忙间手中锌桶砸中门框，发出哐当一声，胡图宁心说不妙，屋外人怕是已听见了声响。于是他打开地板门，遁入涡轮房。他将将躲好，磨坊门便被一下撞开，那群人冲了进来。胡图宁辨认出警官波尔蒂莫的嗓音，他说："至少到昨天为止，这屋里还是空无一人的，也许他逃到林子去了。"

那群人在胡图宁头顶的房间里四处走动，地板门被踩得吱吱作响，面粉尘埃透过地板缝隙飘洒下来。磨坊主痛苦地蹲伏在围栏内的狭窄之地，心中暗自祈祷千万别有人启动这栏内的石磨，不然他就完了，在这狭小的空间里，涡轮叶片会把他绞成肉酱。有水自上壁滴到他的脖颈上，顺着皮肤一滑而下。这水一定是从引水槽那里流下来的。磨坊主回过神来，发现自己竟想着秋天要去把引水槽封好防漏。

他又听见维塔瓦拉、西波宁、店主特尔伏拉，警官以及警长的说话声。此外还另有两人，或许是教员和罗诺拉，西波宁的农场帮工。"他回来过，"他听到维塔瓦拉说，"瞧，地板扫得多干净。"

村民们走上楼来，声声呼叫着胡图宁的名字。警长站在楼底抬头喊，抵抗无用。

"老实出来，你逃不出我们的手掌心！"

众人很快查实，磨坊楼顶的房间里并无人藏身。他们气急败坏地下得楼来。"不管怎么说，"维塔瓦拉评论道，"他发疯前把这磨坊修整得还真不错。"

所有人都走了出去，除了先前发言的胖农，他刚才似乎触碰过驱动带，因为胡图宁听见磨盘发出了咔咔的响动声。维塔瓦拉冲着屋外众人喊道："我们把石磨转起来看看怎样？谁知道呢，也许到了秋天,磨坊会被归还社区,到时我们就能自己磨粮食了。"

胡图宁惊恐万状，如果他们真的启动磨盘，他定会被挤压致死。而启动磨盘并不是什么难事：他们只需关闭木瓦板锯上方的闸门，滚滚洪流就会涌入涡轮机房，涡轮就会无情地开始转动。

人们会首先听到锌桶被挤瘪的噪音,接着是人骨被压碎之声。

胡图宁奋力抓住水轮叶片,把锌桶嵌在胸前,桶口已从圆形被挤压成了椭圆。他下定决心,如果涡轮机真的开始转动,那么他将用尽全力抵抗到底。他计算了盛夏时分水流所能产生的马力大小,才知要想活下来,非得使出一把狂力不可。

他听到警长在屋外大喝,如今不是时候,别启动那疯子的磨盘。然而已有人抢先一步来到木瓦板锯上方的水闸口,咔哒一声传来,胡图宁心知闸门已被关闭。这时第一股水流冲进了涡轮机房,将他从头到脚淹没。他竭尽全力把涡轮机叶片往后硬掰,眼前是一片漆黑。他使出洪荒之力,心道:不是活,便是死。水流猛冲下来,把整个水道都灌满,胡图宁几乎因此溺亡,然而他抖抖身子,继续紧紧抓牢涡轮叶片。大量的水冲击着水轮,水压即将推动叶片,但胡图宁不会让它挪动哪怕一寸。他的嘴里充满着胆汁的苦味,脑中的血管似要爆裂开来,饶是如此,他依然坚守着。此时向水流屈服就意味着放弃生存的权利。

"磨盘没转,"维塔瓦拉站在磨坊里大声喊道,"这该死的玩意儿卡住了。"

屋外有人高声应答,说了些什么胡图宁并不明白。但随后水流变缓,很快停止,完全不再流淌了。原来有人打开了木瓦板锯上方的闸门。胡图宁身上滴着水,心里意识到,他刚以一己之力胜过了自家的磨盘。适才的奋力一搏让他浑身抖如糠筛,胸口和涡轮机之间的锌桶已被彻底压扁,好似一张煎饼。他的双耳充斥着河水，人难受得几欲作呕。

只听得磨坊前警长的声音说道："咱们走，波尔蒂莫今晚会守夜。"

"他给磨坊上了锁，那混蛋。"西波宁一边说着，一边从引水槽上方走回来，随后，一众村民才离开了磨坊。

胡图宁蹲守在涡轮机房里，待一切恢复平静后，才悄悄溜了出来，打算潜回林中。他腋下夹着那业已挤成饼状的水桶，躬下身来，把沉重的背包甩上肩背，朝林里跋涉而去，浑身是沁入骨髓的湿寒。他筋疲力尽，虚弱不堪，但他必须赶紧离开苏考斯基急滩：搜索队很有可能已然进入磨坊后的树林里，展开了彻底的搜查。

第二十章

胡图宁肩负背包，离开村庄，行进了大约两三英里的样子，来到一座种满松树的山坡下。他爬上山坡，在坡顶支起一顶临时帐篷，用枯枝生起一堆火，烘干衣物。重新穿戴整齐后，他将挤扁的水桶拉开，用一枚拳头大的石块把它大约砸成一个桶形，心里后悔手头没把斧子。

缺了斧子，一片像样的野营地是开辟不好的。劈柴生火、削木做杆、支杆搭篷，哪一样是光凭一柄小刀便能做成的？林中生活，少了斧子就似缺了左膀右臂。

胡图宁熄灭了火堆，将背包藏于一棵云杉之下。警官波尔蒂莫没收了他的斧子，那好，他这就去把斧子拿回来。胡图宁快步向村中赶去。

正如他所料，潜入警官家的木料间并非难事，毕竟主人正带领人马搜寻他这逃亡者。趁女主人外出购物之际，胡图宁拍了拍看家犬，进入了空无一人的屋子。乡村警官一贫如洗，木料间里的情形让人看了不禁觉其可怜。房间的一角放着平平一小堆生炉子用的引火物，维持不了一两天。后墙靠放着三立方米的风落果子，如果不立时切片处理的话，入冬前便无法及时晒成果干。进门处杂乱无章地散落着一些树枝，警官自己并不拥有任何土地，这些树枝是他从附近农户的林子里捡拾而来，可悲而又微薄的赃物。

波尔蒂莫的斧子正靠着墙，斧刃崩出了口子，斧身锈迹斑斑，整个一柄又丑又笨的工具。未经打磨的斧柄在斧仓里摇摇晃晃，木楔全都干裂毁坏。胡图宁将木楔加固，把斧柄切削好，又将连接处加工完善。波尔蒂莫的框锯也好不到哪去，胡图宁拿它在一段原木上试了试，锯锋很钝且往右偏斜。哦，警官的穷困潦倒简直令人惨不忍睹，整个木料间里没有一根干燥的木头，更别提一把可用的工具了。

不过房里确实还有一把好工具：一把他再熟悉不过的斧子，那正是他自己的，此刻它正埋藏于一堆杂物中。磨坊主取出斧子，用指腹刮了刮斧刃，那里依旧锋利无比。

离开之前，胡图宁决定替警官劈一些柴，权当拿走斧子的补偿，而他也理应为他效劳，毕竟警官一整天都不得不绕着林子做着搜寻他的工作。他劈好了一大堆原木，把它们整整齐齐地靠墙堆好。此时他见到波尔蒂莫的妻子已经购物归来，便闪身溜回林中，肩上扛着的斧子微微泛着光。

胡图宁循着电话线前行，这条旧步道似乎是为了通往村里的商店而开辟成道的，这使得他的行途畅通无阻。胡图宁一路朝林中走去，经过了特尔伏拉的店外，随后继续沿电话线前进。这便是那店主用来把我的行踪报告给警察的那条电话线吧，他心想。

去他妈的电线杆子。

胡图宁不禁朝那些令人不快的电线杆抛去一个厌恶的表情。他似乎在那些嗡嗡作响的电线里听到了店主的嗓音，正得意扬扬地对着凯米的批发商们下着订单：肉、香肠、奶酪、咖啡、香烟。一股强烈的饥饿感攫住了胡图宁。他在一根电线杆前停下脚步，将斧刃对准基座，准备挥斧而下。

"如果我砍了它，特尔伏拉店里的电话听筒里就不会再响起信号音了。"

眼见斧刃触于杆底基座，胡图宁心痒难耐，他不禁挥臂朝着那颤巍巍的木头杆子挥去一斧，方圆一英里以内所有栖于电线上的鸟儿们全都惊得直冲云天。胡图宁再度挥斧，电线被弄得呼呼作响，弹动不已，沉重的电线杆摇摇欲坠。又是几斧下去，基座彻底开裂，电线杆轰然倒塌。陶瓷制的电线绝缘对接头被撞得四分五裂，随着类似抽打鞭子的"啪"的一声后，电线被甩进了树丛里。胡图宁抬手擦了擦额前的汗，来回查看了一下他的"杰作"。

店主的电话现在暂时不好用了。

胡图宁可不想半途而废，他把电线杆砍成几段八英尺长的原木，一根根堆叠起来，再把电话线卷好，放在原木堆上，这样工程师们来维修时，会发现工作已部分完成，接下来他们只需把原木装车，再树个新电线杆子便好了。

既然店主的电话已无法通话，胡图宁决定趁机上门拜访。这回特尔伏拉定会卖他些补给品了，尤其是因为，他手里正握着斧子呢，多么令人愉快的巧合。

商店里顾客不少，本来呢喃的对话声由于胡图宁的持斧闯入而变成了一片惊恐的寂静。有些客人假意要走，尽管大多数人还来不及购置任何物品。

特尔伏拉一头冲进店铺后头，人们听见他一边疯了般地摇着电话，一边狂叫着要求总机接听。然而通讯总被切断。警官不回话，警长联络不上。特尔伏拉胆战心惊地重回店堂。

胡图宁把斧子摆在柜台上，开始一口气报出他想购置的货品。

"香烟、两听肉、一磅盐、香肠、面包。"

店主顺从地一一奉上。就在他称量香肠之际，胡图宁将斧子放在砝码旁的秤盘上，玩笑似的说："老板你看，这斧子多轻。"

这把斧子作为磨坊主此次购物之旅的极端特色，逼得店主大幅地降了价。胡图宁打算离开之时，特尔伏拉甚至开口问他，是否还需要其他物品。

胡图宁站在门阶上回头:"没有了,谢谢你。"

在林木的掩护下,他看见人群从商店里奔涌而出。他们甩开双腿,向波尔蒂莫的房子飞奔而去。胡图宁想大嚼一顿肉肠,不过此时返回营地应该更为理智。现在不是进餐的最佳时机。

第二十一章

一整天犬吠不已，人声鼎沸，那声响回荡在林中，直传到隐士的营地里。磨坊主自医院逃脱后，全村进入了一种战备状态。为了更清楚地观察事态的发展，胡图宁爬上了一棵百年松树，它巨大的身姿庄严地立于坡顶，俯瞰众生。他第一次上树的时候，忘了携带望远镜，以肉眼无法看清村中的各种进展，于是不得不下来，又攀爬了第二次。

通过仅剩的一面望远镜镜片，胡图宁观察着熙熙攘攘的村间小道。狗儿们脱离了绳索，四处乱奔，男人们骑着自行车，东奔西走。村民们站在路口，肩上扛着步枪。一定还有人在林中四处搜索，不过胡图宁在树顶，见不到这些人的踪影。

磨坊主从老树上爬下来，为了防止被发现，也为了随时出发，他熄灭了篝火，收拾好了背包。园艺顾问答应过他，天黑后会在乐帕萨里岛上与他相见。不过要是村里乱哄哄的搜索场面继续不停的话，他悲伤地思忖到，顾问小姐可能就无法赴约了。

直到日落之后，村里才渐渐平息下来。狗儿们被拴了起来，村民们回家吃饭，而胡图宁则动身前往乐帕萨里岛。

日间有人来过：帐篷不见了。防风拉绳和地钉散落在桤木林里。胡图宁拾起地钉，卷好拉绳。

"大家怎么总爱把东西弄得满地都是。"

胡图宁担心莎奈玛·凯拉莫不敢出门来到岛上，不过，就在他到达后不久，顾问小姐来了。年轻女子小心翼翼地踏上磨坊主搭建的小桥，手臂上挎着的篮子里露出一截牛奶瓶子。胡图宁吻了吻她，便开始用餐。顾问小姐向他详尽描述了白天村里的动静。

胡图宁如今正式成为一名在逃人员。他不应该拿着斧子闯入商店当众吵闹，顾问小姐责备道。

"你还提着斧子去称香肠。特尔伏拉一定会把你告上法庭，给你加个妨碍交易的罪名。警长收到一封来自奥卢的信，说你逃跑了，必须抓你回去。他跟所有人说，事情已经上升到极其官方的程度了。"

胡图宁吃完了一餐，而园艺顾问还未结束话题。

"你还砍断了一根电线杆子，工程师们不得不应邀从凯米赶来，而且直到现在，电话线路也没有接通。总机处的姑娘告诉我，如果邮电局的人一时心烦，你可能会因为切断电话线而去坐牢。"

胡图宁盯着溪上的迷雾，久久地沉默着。然后他从口袋里取出钱包，拿出钱包里的银行存折，交给了顾问小姐。

"我现在身上一个子儿都没有。你能不能去银行把我账户里所有的钱取出来？靠你的薪水供我在林子里生活，太难为你了。"

胡图宁从他那正方形蓝色笔记本里撕下一页，拟了一份授权书，莎奈玛·凯拉莫在她的名字下签了字，胡图宁又添了两个见证人签名：约翰·克兰和亨利·伍尔夫，用了两种截然不同的字迹。胡图宁说，账户里钱不多，不过，如果他节衣缩食，这些钱够他用到秋天的，或许还能支撑到初冬。

"我在想，可以多去钓鱼来吃，这样可以省下些饭菜钱。"

园艺顾问让他别再来乐帕萨里岛了，因为他的藏身之处已被人发现。白天的时候，维塔瓦拉把胡图宁的帐篷带回了村里，叠得整整齐齐地交给了警长。到了晚上，警长夫人和教员妻子在河里浣洗衣物，其中就有胡图宁的蚊帐，顾问小姐说，她看到蚊帐在晾衣绳上挂着呢。

两人说好在距离教堂三英里外，位于凯米河东岸莱乌图沼泽地的十字路口见面。园艺顾问答应说，一周后骑车去那里。这几天先不见面为妙，至少在搜寻当口不要碰头，况且村民们已经盯上莎奈玛·凯拉莫了。

"生活真不公平……"她说，"幸好你园子里的蔬菜长势很好。今天你可以去拔胡萝卜了，白萝卜马上就要长到人脑袋那么大了。别担心，我会帮你去田里锄草施肥的。等村里没动静了，亲爱的，去摘些新鲜蔬菜吧，蔬菜里富含维生素。我可怜的贡纳尔，你想象不到维生素有多重要，尤其在这林子里，补充维生素太关键了。"

园艺顾问匆匆赶回了村里；胡图宁则离开了乐帕萨里岛，融入了夜色之中。

次日上午，顾问小姐去见了合作银行的经理，胡夫塔莫伊宁。

银行经理请她坐下,差点就要请她抽支雪茄,转念一想,又立刻一把关上雪茄盒,忍住自己想要来一支的热望。莎奈玛·凯拉莫将胡图宁的存折连同授权书一起递给他。

"磨坊主贡纳尔·胡图宁从奥卢打来电话,让我把他账户里所有的钱取出来,他说这钱是给他支付医院伙食费用的。"

胡夫塔莫伊宁查看着存折,露出满意的微笑,接着又读了授权书。

"这些文件也是胡图宁先生通过电话传给你的吗?"

顾问小姐连忙尖声答道,那些文件是今早寄到的;是邮递员毕蒂斯雅尔维送来给她的。

银行经理摆出一副父亲般说教的姿态。

"如您所知,小姐,我们银行的工作是以保密条款为准绳的。我总是对我的员工——也就是出纳员赛罗以及居马拉伊宁小姐——着重强调,银行在职人员的保密条款是不可侵犯的。这是比医生的希波克拉底誓言还要有约束力的原则。总的来说,依我来看,银行必须要遵守三条基本规则。首先,a),账面数字必须准确,分毫不差,不容许有错误空间。第二,b),银行必须要有流动资金,财务方面必须坚实。任何一间机构,再大的机构也好,宽松的借贷政策不会带来什么名誉方面的好处。即使放眼整个行业,银行提供的财务支持,如果危害到财务均衡,不管这样的危害有多微小,也绝找不到正当理由。第三,或者说c),这条是主要规则,机构必须严谨地尊重银行的保密性。关于客户事务的信息不可离开银行。不管是否取得了客户的同意。要我说,就庄严性而言,银行的保密性等同于军事机密,尤其在和平时期。"

莎奈玛·凯拉莫不理解为何胡夫塔莫伊宁要向她宣讲银行的保密性。她问银行经理是否打算给她胡图宁的存款。

"但是所有人都知道磨坊主贡纳尔·胡图宁从奥卢的精神病院里逃了出来,"胡夫塔莫伊宁解释道,"我有很充足的理由相信,你,凯拉莫小姐,掌管着他的事务,既然他目前出于种种理由无法亲力亲为。"

银行经理将胡图宁的存折和授权书锁入保险箱。

"我必须告知你,凯拉莫小姐,银行是不会允许你取走胡图宁先生的存款的。他已处于监护之下,并且,他目前在逃。你当然可以理解,作为银行业内人员,如果涉及的当事人由于失智而无法亲自前来提取现金,我们是不可以对他的资金进行转账的。不管怎样,胡图宁目前提供不了地址。你也许知道他的藏身之处,不过我是不会向你打听的,我不是警察。我是金融从业者,刑事方面的问题与我无关。毫无疑问,你明白我的意思,对吗?"

"但这是胡图宁的钱。"顾问小姐想要争辩。

"理论上,当然了,这钱确实属于胡图宁。我不否认这一点。不过,就像我刚才跟你说的,没有官方批文,我是不会把钱支给任何人的。这个情况很特殊,他账户里的钱,不夸张地说,最终结果就是消失不见。亲爱的姑娘,如果所有的银行都把客户的资金、利息转到沼泽地里、小山坡上某个未知的地点,那会怎么样呢？"

园艺顾问强忍眼泪。她该如何向胡图宁解释这一切呢？胡夫塔莫伊宁拿过一张纸，提笔写道：

合作银行很遗憾地通知您：您的存款及累计利息仅可支付于您本人，且仅可在取得官方书面批准的条件下进行支付。

此致

A. 胡夫塔莫伊宁，经理

"不过，就像我之前说的，我尊重银行的保密性，"胡夫塔莫伊宁继续说道，"如果任何人——比方说雅蒂拉警长——问我你今天来此的目的，我只会摇摇头，不吭一声。如果警方要求我告诉他们胡图宁的藏身之处，即使我知道，我也不会开口的。银行保密性是一项神圣的职责，这是我对它的理解。我会告诉警方，你来是为了申请，对了，一笔贷款……用于购置，比方说一台缝纫机，怎么样？"

"我已经有缝纫机了。"莎奈玛·凯拉莫嗤之以鼻。

"那么就说你来，对了，是来咨询……打个比方，目前个人用存款来购买债券是否明智。坦白讲，我会说不，不明智。有朝鲜当下的局势在眼前，任何人如果有什么钱财，最稳妥的做法就是投资房产。土地的价格很快就会飞涨，不像国家债券的收益那样微小。当然了,这一切都要看朝鲜战争会打多久,不过看起来和平近期内是不会降临亚洲地区的,战争至少会持续到明年夏天。把我说的话告诉他们。啊呀,我怎么聊到那么大的话题上去了,请务必原谅我,凯拉莫小姐。"

园艺顾问不得不离开银行经理办公室,颗粒无收,只得到几句金融预测。她想哭,可是她忍住眼泪,强撑着走过那些好奇心十足的银行职员。直到她骑着车出了村子,才停下车号啕大哭,止不住的眼泪流进她绝望的心里。银行占有了贡纳尔的钱,而她至少还有两周才能领到工资。

第二十二章

莱乌图沼泽地是一大片广袤的湿地，一个个浅浅的黑水塘织就一片迷宫，表面覆满了泥炭，绵延数英里，形成一片巨大的泥沼。一条小河，叫作西瓦卡河，蜿蜒在沼泽地的西侧，其上伫立着一座低矮的山丘，人们称之为：莱乌图山。

这就是胡图宁来到的净土，离村庄六英里之遥，西周丛林环绕，与世隔绝。他拖着背包来到沼泽地边上，行至西瓦卡河里的一处小弯道，那里正是山坡插入河流的结合部。虽然软绵的泥沼下就是水系，地却是干的，长满了地衣。这里是搭建营地的理想之所：风景优美，上有遮蔽，远离尘嚣。泥沼远处有几只鹤在鸣叫。在他背后，是立在山坡上的松林，随风沙沙作响，缓缓流淌的河水里时不时传来鳟鱼和茴鱼跃出水面的声音。

胡图宁为之着迷。他卸下沉重的背囊，在心里给这片蜿蜒入河流的沙嘴地带起名"家园"。

随后的几天，磨坊主在家园上建造出一片十分像样的营地。他砍倒几棵高大的枯松，把树滚下山坡直至营地，将树干砍成七英尺长的原木，待夜晚变得阴冷潮湿时，便可点着这些原木，慢慢燃烧取暖。

他搭出一个棚屋的雏形，作为遮蔽之所。他用粗壮的冷杉树枝铺了屋顶，将树枝粗大的一端朝下安放，又把树枝尖处交织成鳞片的样子，这样就形成了一个结实的屋顶。他自一棵大腿粗细的小桦树上，砍下一根与棚屋同长的原木，将它放倒了作防风之用。紧挨着这桦木门槛，他铺了一层柔软的苔藓，有一英寸厚，再撒上一层细小的冷杉嫩枝，修走那些略粗的枝条，这样睡觉时，背部就不会被扎痛。

胡图宁把卷着的锯刃展开，削了两把相配的把手，中间撑上一段晾衣绳。他用这把新工具把棚屋后一棵结实的松树从一人高处锯断，并以此为基础，利用轻盈干燥的树枝制作了一个储物柜，在另一边留了一个背包大小的开口，把食物、厨具、背包统统收纳进了这新造的储物柜中。

这位林间隐士又在稍远一些的水边用头颅大小的圆形石块围成一圈做了个石炉，又在河岸边选了一棵桦树，将它对准石炉弯折下来，这样就设好了一个可调节高度的锅挂。在营地上方五十码处的陡坡上，可以将整片沼泽地尽收眼底，胡图宁在这里选了两棵松树，在树之间钉了两块厚实的木板，一块作椅面，另一块作靠背，又在木板下方挖了一个几乎有三英尺深的洞，往后，每日一至两次，隐士就要往这洞里出恭了。胡图宁已经习惯了在木椅上坐上好一阵，其实他大可不必待那么久。他在那里眺望眼前广阔的沼泽地：鹤以高贵的姿态踱步；鸭快速拍打着翅膀；五头或者十头驯鹿有时会突然跃过土坝，躲避灌木丛里的蚊虫。有一天，胡图宁似乎看见，就在那泥沼边，出现了一头熊。好像有一道灰影时不时起身，以后腿直立。但当他用那副只剩下单边镜片的望远镜瞄准在夏日热浪里颤颤巍巍的地平线时，他所见到的，就只有几只鹤而已，并无熊的踪迹。它是不是离开了沼泽地？它真的存在过吗？

胡图宁在岸边高高的草丛里竖起一排木桩，以便晒干渔网。他把几根干树枝大致拼凑起来，搭成一个简陋的木筏，用来渡河，又在石炉旁固定一根杆子来拴住木筏，弄成一个类似浮舟的样子。最后，这位林间隐士在棚屋外的一棵枯树上刻了一幅日历。他先用斧子在树干上大致凿出一个长方形，一英尺宽，两英尺高，刨光洁了，再用小刀在抛光了的表面横竖划出日历格子。每天早晨，他就会在这幅木历上刻下匿入林中的时日变化。他不清楚搭建完营地那天的具体日期，不过他猜测那应该是将近七月中旬的某一天。他估算了下自从在医院里度过仲夏节以来，时间大约过去了多久，随后在树上雕凿出"12，VII"的字样。眼下正是蓝莓日趋成熟之时，由此可见，他对时间的推测近乎准确。

七月的风光很美，天气十分炎热。与初春或者初秋相比，垂钓的收获不那么令人满意。肥腴的鱼儿食物充足，并不轻易上钩。日落得很迟，水温很暖，冷血的大马哈鱼懒得动弹。胡图宁投下蝇饵，鲑鱼对此不屑一顾。他用旋式鱼饵钓到几条梭子鱼，如果不怕麻烦，把它们投入火堆烤熟，用以果腹也全无问题。

捕捉大鱼时，胡图宁用了渔网。他支起网子，撑在河中央，随后跑到下游去赶鱼，让它们自投罗网。有时候，网子里挣扎着太多的小鳟鱼和小茴鱼，让这位隐士有足够的余货来做些腌鱼，如果他有合适的腌菜缸子的话。对于把刨子带来这荒野的决定，他自认很英明。到了秋天的时候，就可以砍些木材来刨成木桶板。做好的木桶可以用来腌鱼，只需几桶，他过冬的食物问题就可以全然解决了。用盐腌透了的话，鲑鱼可以保存过冬，不管鱼有多肥。

胡图宁还想建一个桑拿室，再起一间小屋，他可不妄想自己可以缩在棚屋里躲避严寒。

> 桑拿室和小屋可是预防风湿的灵药。

他在脑中构想起原木小屋的模样，至多十英尺见方，家具只需要一张床和一张桌子，或许角落里可以摆上一个柜子，墙上再钉一副驯鹿角作为大衣挂钩。后墙的角落里可以用扁平的石块搭一个壁炉，门边开一扇窗。

> 我得去弄一块玻璃，还得搞几英尺铝管做烟囱。沥青毡就不需要了，屋顶上铺一层桦木皮，可以维持好几年。

胡图宁常从新营地出发，踏上长途徒步之旅。他时常登顶莱乌图山，架起望远镜观察村中情景，看那些小小的房屋，以及两座教堂，一新一旧，一大一小。天气晴朗的话，他可以在几个固定的时间点，于西边的地平线见到一团烟雾升起，直飘向夏日晴空，那是列车驶过。他听不见机车的轰鸣，也看不到车厢或是铁轨，但是从烟飘的方向判断，他能知道列车是来自凯米还是罗瓦涅米，了解乘客们是要去向北方还是刚刚去过了拉普兰。

在莱乌图沼泽地四周的荒野上，胡图宁采摘了一些去年秋天剩下的饱满多汁的蔓越莓。沼泽地里的黄树莓已长出了花苞，不久就会结出第一批浆果了。看起来将会是一场大丰收。这里还有成熟的蓝莓，数量充足。林中隐者带了一只自己用桦树皮编的篮子，一天时间采摘了三四磅蓝莓。晚间用过咖啡以后来一些蓝莓，十分可口。

胡图宁尽情享受着夏日平和而静谧的时光。天气好的时候，他有时会除去衣衫，躺在山顶晒一晒日光浴。他把裤子折起来垫在脑后，任阳光把身上晒得黝黑。一连几个小时，他仰望着空中飘过的小小的云朵，看它们不停变换着形状，像一只只最为奇特的动物。中午的微风将蚊虫驱赶，使它们聚集到河的另一边，在泥沼中盘旋。万籁俱寂中，隐者几乎能听见思想在脑中碰撞的声音，它们成群结队而来，半是合理，半是荒谬。它们你追我赶，毫不相让，在他脑海里持续不断地奔腾。

如果下雨，胡图宁就躺在棚屋里，听雨点重重地打在铺满松针的屋顶上，然后顺势滑落到地面。火苗打在燃烧的灰烬上，嘶嘶作响，屋里温暖而舒适。雨停后，鱼爱咬钩。胡图宁甚至不需要支起网子,岸边鱼跃的鲑鱼自会啪的一声跌落到岸上。

夜晚时分,胡图宁会起来仰望夏日暗淡的星空,然后开始呜呜发声。低沉的声音很快变成了暗暗的呻吟,随后一声荒蛮的吼叫从隐者的口中爆发,就如同以往那样。那之后他觉得平静了很多,吼叫驱散了些许孤独之感。他听见自己的声音,陌生如一头野兽的嘶吼。

炎热的日子里,胡图宁会步行穿越无边无际、寸草不生的莱乌图沼泽地。有时他会突然模仿起一种动物的姿态,那是他日常通过望远镜见到的某一种,对于这种种的动物,他日日地观察,熟知它们的行为以及习性。他先是在泥炭藓上一阵小跑,像一头公驯鹿那样,摇头晃脑地转着圈子逃离一群飞虫的侵扰,而后驻足,低嗅,咕哝,用足蹄刨着脚下的土地。时而他又是一只疯狂扇动着双翅飞往高空的野鹅,一时隐入林中,一时又在莱乌图山的另一边现身,那已经是另外一只鹅了,它紧绷着脚蹼,降落在芦苇塘中,掀起层层泥浪。时而他又化身一只鹤鸟,伸长了脖子打鸣,敏锐的双目圆睁,准备捕捉几只青蛙和虾,还有春潮冲到沼泽里来的黑背梭子鱼,水退尽后,这些鱼儿们便离开了死水潭的拘禁。

鹤鸟们见这长腿男人在沼泽中以它们的语言呼叫,都会停下一切活动,高高举起长脖子,前倾着脑袋,看这隐士在它们之中漫步,全然忘却了自己正是对着鹤群做着仿鹤的表演。鹤群的首领有时会以鸟喙直指天空,然后发出一声长鸣,好似一声有力的回应，这时隐士会突然恢复神智，醒转过来，随后便离开沼泽，返回营地。他会在阴暗的棚屋里抽上一根烟，心里想着，这样生活着，一切倒也无忧。

要是莎奈玛也在就好了。

第二十三章

一周时间一闪而过,倏忽间,那个园艺顾问莎奈玛·凯拉莫说好要在莱乌图十字路口碰面的夜晚就要来临了。隐士心急难耐,早早来到了约定地点。他想象着年轻女子清爽的脸庞,她曲线优美的身姿,她湛蓝的眼眸以及金色的秀发,她温柔而清脆的嗓音。他躺在路边的树丛里,时间滑过,蚊虫叮咬,而他对这一切竟毫不洞察,只不知不觉期盼着。

晚上六点左右,他看见一个女人骑着车,沿着狭窄的道路向约定地驰来,顾问小姐莎奈玛·凯拉莫来了!胡图宁开心地一跃而起,差一点就要奔去迎她,不过他克制住了脚步,并没有去到路上。他们说好了要在林中碰面,因此隐士依言行事,留在了冷杉丛中。

顾问小姐来到了十字路口。她将自行车停放在路边的沟渠里,步行进入了林中。她紧张地东张西望,大着胆子前进了大约二十码,便踯躅不前了。正当胡图宁想要步出树丛一把拥住她时,突然听见林中传来一记树枝断裂之声。是麋鹿,还是驯鹿?不,是维塔瓦拉和波尔蒂莫!两人正偷偷穿过树丛,屏息凝神,满面是汗。他们来到一丛灌木后面，蹲下身子，躲避莎奈玛·凯拉莫搜寻的目光。显而易见，他们此行是从村里出发，越过丛林，一路跟踪着顾问小姐而来，目的是为了追踪到隐士，继而狡猾地设下陷阱捕捉。

胡图宁往后退去，躺在一棵生长茂密的冷杉树下，他极目远望，侧耳倾听，密切关注着路边的情形。虽然想要去见莎奈玛·凯拉莫的热望使他浑身发抖，可他不能就这样贸然前往。探子们就在几码以外的地方潜伏着，擦着额前的热汗，拍打着身上的蚊虫。对于他们而言，奋力跟踪在平坦道路上骑行的顾问小姐，可不似参加一场林间野餐那样轻松惬意。

顾问小姐有没有意识到她被跟踪了？还是她已经屈服，决意要跟村民和警察合作？她是不是一枚诱饵，并且悉知自己这诱饵的身份？她是不是也想见到胡图宁被送回奥卢，回到那座充斥着深深的冷漠感、弥漫着极端变态之迟钝感的疯人院里去？

"贡纳尔！亲爱的贡纳尔！是我啊，我来了！"

胡图宁不敢现身，连呼吸都小心翼翼，他看到维塔瓦拉手里拿着一把步枪，他们是不是把他当作了杀人凶手？警官波尔蒂莫此时已起身坐在一截树桩上，想要平复呼吸，但他同时也警惕着。胡图宁躺在冷杉树下一动不动，紧紧咬着牙关。他听见园艺顾问又喊道："贡纳尔……你在哪里啊，我可怜的宝贝？"这使他心碎。

女人等了很久，树林阴沉而无声，没有一丝回应传来，尽管她喊了又喊，求了又求，最终，她只得把手中的篮子放在一片草丛上,用头巾盖好,继而悲戚地转身,回到了路上。维塔瓦拉露出失望的神情,他对着警官波尔蒂莫激动地耳语了一阵,声音低沉,胡图宁无法辨别他究竟说了什么。

园艺顾问眼含热泪,回到了自行车旁。胡图宁想要发自心底长啸一声,要比那最壮实、最残忍的野狼首领还要荒蛮。可他只得沉默。顾问小姐朝村中骑车而去,不久就消失在拐角,再不见踪影。

维塔瓦拉和波尔蒂莫并没有对莎奈玛·凯拉莫现身,因此胡图宁判断,她并不是同伙。这么说来,她并没有背叛他,恰恰相反,她确如自己一周前所许诺的那样,给他带来了食物。胡图宁双目通红,直盯着她留下的那一篮补给品。

待顾问小姐一消失在视线里,维塔瓦拉就冲上前去检查食篮里的内容。波尔蒂莫跟在他身后,朝着篮子小心谨慎地瞥了一眼。

"我呸!是面包和熏肉!"维塔瓦拉一边没好气地嚷着,一边把食物倒在草地上。胡图宁见到一瓶牛奶,还有几包用油纸包裹的食物。一股新鲜出炉的咖啡面包的香气钻入他的鼻腔。

"还有咖啡面包!全能的上帝呀!"

维塔瓦拉撕开油纸,露出熏腌肉、干腊肠、一包咖啡和一条面包。篮底还有几磅新鲜采摘的蔬菜:白萝卜、胡萝卜和甜菜根。莎奈玛·凯拉莫用心捆扎的一束万寿菊也滚落在地。维塔瓦拉一把夺过花束朝着树林挥舞。

"还有鲜花,我的天哪!给窝藏在树林里的精神病送花简直太猥琐了!"

波尔蒂莫把食物放回篮里。

"听我说,维塔瓦拉……顾问小姐只是想让昆纳里开心。我们走吧,胡图宁现在是不会来的。"

维塔瓦拉扯下一大块咖啡面包塞进嘴里,咽下几口香喷喷的面包后,才开口说道:"尝尝,尝尝!有人给潜逃到树林里的犯罪分子送这么精美的食物,简直太不可思议了!你尝尝吧,波尔蒂莫!"

波尔蒂莫没有去尝那面包,反倒是将它重新包好放回篮里。他把篮子摆在一截树桩上,准备离开。而维塔瓦拉却挎上篮子说:"我不在乎昆纳里是不是要饿死了,反正我是不会把这美餐留下来给他的。"这话令波尔蒂莫感到反胃。

为了强调他的话,维塔瓦拉还把手中那束万寿菊碾烂在身边一棵树上。波尔蒂莫扭过头去,像是在无意之间,他瞥向了胡图宁藏身的方向。警官与隐士的目光就这样相遇了。波尔蒂莫一时呆住,他凝神望着林子深处,随后尴尬地咳嗽一声,转身回到路边,叫维塔瓦拉跟上。

那农夫嘴里塞得满满当当的,几步跟上了波尔蒂莫。他放下篮子,把步枪甩到肩上,然后又一把提起了篮柄,和警官一起踏上了返程的路。胡图宁听到维塔瓦拉一边大口嚼着咖啡面包,一边叽叽喳喳说个不停。波尔蒂莫则陷入了沉思,几乎不搭理身边的同伴。

胡图宁回到营地，疲倦而饥饿，迎接他的是另一个不祥之兆。他吃惊地发现，木筏已然不在原先石炉边那个位置了，有人驾着木筏过了河，把木筏绑在了西瓦卡河对岸。是谁？为什么？这个藏身之地如此偏远而安全，还是被发现了吗？是不是村民们已经知道了他秘密营地的所在之处？

胡图宁踏入急滩涉水而上，取回了木筏。他发现木筏上有鱼的残迹：内脏和鳞片。他放下心来：肯定只是一个路过的渔夫。有河边灌丛的遮挡，或许那人根本没留意到营地的存在。

胡图宁顺流而下，将木筏泊在离营地一百码的地方。回去以后，他准备了一份薄餐，餐后又吃了一碗蓝莓，蓝莓上撒了一点令人愉悦的糖粒。可他脑中的念头却一点也不令人愉悦。对于镇上的农夫们，他感到愤怒，却又无能为力，这感觉不断折磨着他，好似要将他吞没。那些农夫们已经成了迫害他、追捕他、囚禁他的罪魁祸首。如果他得以在同等条件下与他们一对一决斗，那么一切自然会见分晓。但是法律却使胡图宁变得低人一等，逼他成为一个一无所有的隐士，连食物都被剥夺，爱情更是禁品。他像罪犯那样被追捕，面包从他的口中被夺走，如今连他所爱的女人都被人跟踪，就好像她是一个间谍。

隐士决定待自己休息好了就去西瓦卡河的源头处捕鱼，待上一两天的时间，毕竟营地旁的河段里，下网所能捕到的几乎就只有梭子鱼了。他猜想上游的水域里应该有更为丰富的存货。他备了一些略带红色的飞蝇，以及几枚晶亮的旋式鱼饵，又打包了一些盐和面包，边想着可以一路捕鱼充饥，边把斧子别在了腰间。

　　作别了他美好的家园，心中不免遗憾，然而他要趁着夏天尚未消逝，全力以赴，捕鱼积粮，为迎接不远的将来做好准备，因为那时，物资将会变得更为匮乏。胡图宁沿河出发，嘴里咒骂着维塔瓦拉："肮脏的偷吃贼。"

第二十四章

警长家牌局正酣。雅蒂拉邀请了医生埃尔维宁和商店主特尔伏拉来家里做客，在游戏桌边共度一个安静的夜晚。他们先是下了几盘棋，觉得有些兴味索然。埃尔维宁医生往大家的酒杯里小小地斟了些他特地带来的杜松子酒。酒过三巡，三人决定取来可爱的扑克牌，继续这游戏之夜。

雅蒂拉家的女佣，那位被他夫人称为"我的清扫女仆"的，出现在门口，她欠身微微施了一礼，传话说，有个男人求见警长。警长无意中断牌局，因此并没有把人遣去书房，而是让女佣把人直接带进来。他摸到了三张Q，其中两张已经翻开摆在了台面上，剩下一张在他手里。只剩一轮牌可发了。他确信自己已赢过商店主，而埃尔维宁呢——全能的基督啊，埃尔维宁很可能有三张相同的牌。尽管如此，雅蒂拉还是加了注。埃尔维宁脸色一白，不过他或许只是假装泄气。该死的，你个老骗子，警长心里暗暗咒骂。

正当此时，一个满身烟臭鱼腥味的男人走了进来。警长问他，这么晚来所为何事。那男人解释道，他来之前一直在莱乌图山旁捕鱼，当然是在公共区域内。

"还顺利吗？我是说打鱼。"警长一边心不在焉地问他，一边摸起属于他的最后一张牌。是一张方块六，并非最后一张Q，不过可不能让对手们觉察出来。台面上看，他还是占着先手，有一对Q呢。商店主选择弃牌，而看起来似乎在凑一副同花顺的埃尔维宁则抬眼瞧了瞧他，接着还是加了注。他往赌池里推了更多的筹码，够买一把好枪的。

"嗯，鱼打得不错。"门口的男人回答道，他伸长了脖子观看牌局。立在埃尔维宁身后的他，可以瞥见医生手上的牌，不过他的神情没有泄露一丝丝线索。警长盯着他的眼睛，但那家伙的目光往一旁侧开了去。

"鱼打得不错是吧？"警长一边说一边看着埃尔维宁。牌摊开在了台面上，埃尔维宁在诈牌。他的第一张牌是一张黑桃二，废牌一张。警长捞起桌上所有的筹码：这就是铁一般冷硬的事实真相。他给大家倒了酒，来访的渔夫除外，然后打着官腔问渔夫："有何贵干啊？"

那人答道，他在西瓦卡河岸边发现一只新制的木筏。

"是哪个做的呢？我问我自个儿。我四下里寻摸了一阵，猜猜我发现了啥？一整个营地啊，才搭的。这就是我来报告的事儿，警长大人，有一个家伙在河边野着呢。"

警长不明白，树林里的什么营地，与他何干。

"林子里到处是筏子棚子的。这跟警方有什么关系，有的话我就死去。"

渔夫吓了一跳，往外退去，他站在门边满怀歉意地说："我就是觉得那可能是贡纳尔·胡图宁，那个疯磨面的，有可能是他搭的营地。我在村里听说他从疯人院里逃回来了，我还听说他就躲在那林子里呢。"

埃尔维宁立刻竖起了耳朵，他把那人喊了回来，问他营地什么模样。

"什么都是新弄的，弄得很好，有个棚子，搭了个简简单单的斜顶子。还有一堆柴火，能用上几个星期的。我还见着个存食物的地儿，在一截树干上。树林里还有个粪坑，河边有个筏子，开始我就说了的。"

"手工活儿怎么样？那筏子，还有其他东西？"警长问。

"瞅着像个木匠弄的，连茅房的凳子都刨得好好的。河边还弄了几个桩子晒着两张渔网呢。"

"是胡图宁，"埃尔维宁说道，"那磨坊主手巧得很，虽然他其他的技能都乱七八糟的。走，去他的老巢抓他去。"

警长打了通电话给警官波尔蒂莫，让他带几个人手到他办公室等着。带上武器。准备两辆车开过去。

半小时后，一群男人聚在了警局门外：波尔蒂莫，西波宁，维塔瓦拉,教员坦胡马基——其至农场帮工罗诺拉都被拉了过来。西波宁、维塔瓦拉和罗诺拉上了医生的车；其他人跟着警长走。他们还带上了泛着鱼腥味的那位告密者，叫他带路。男人们风驰电掣，极速驶向莱乌图沼泽地的十字路口，他们在那里下了车。

149

夜幕初降，天色尚未全暗。

警官简短地下了几道命令。要出其不意将胡图宁抓获。先包围营地，捣毁它，再把人俘虏起来。由渔夫作向导。所有人必须保证不出一声。要确保不惊动猎物，以免让他逃脱。

"要是他逃到林子里去了，我们能开枪吗？"西波宁一边挥舞着一把大号霰弹鸟枪，一边向警长发问。

"我们是准备攻其不备把他拿下的，不过要是他发起攻击的话，你是可以开枪的，这属于正当防卫。不过得先射腿，之后只能射肚子或者脑袋。"

搜索队在临近午夜之前赶到了西瓦卡河边，众人散开队伍，形成一个类似扇形的半包围圈。他们蹚着脚下的泥泞沿河向上，朝着告密者描述的营地进发。很快，他们来到了绑着木筏的岸边。向导报告说，木筏被人移动到了下游处。

警长低声命令几个人绕营地一圈查看，其他人留在原地不动。他们没在河岸边留人看守，认为即使胡图宁再疯，也不会投入被那样的泥泞包围着的河流中藏身。围攻队伍静悄悄地包围了营地；警长学了一声松鸡叫作为示意，众人便开始进入营地。他们跪趴在湿答答的地上向前爬行，很快被泥水浸透，但是他们兴奋异常，竟毫无怨言。

半小时后，营地被包围了。警长发出信号，示意进攻。九个全副武装的男人高喊着从黑暗的林中大踏步冲了出来。

然而营地已是人去楼空。棚屋里没有任何入睡的身影。陷阱就这样啪的一声合闭，只留稀薄的空气在外弥漫……突击队把渔夫团团围住，众人纷纷就密报的可靠性各抒己见。渔夫说，他要回了，便转身消失在林中。

维塔瓦拉翻出了储物室里的背包，把里面东西一一倾倒在地。他仔细地检视着每一样物品，似乎这样做就能揭示这些物件是否属于胡图宁本人。波尔蒂莫看了一眼背包，简洁地表示，这就是胡图宁的。

"去年冬天，我们一起去剖割山猎松鸡，他就背着这样一只包。我们连着去了两个周日，每次都猎回来六七只，而且我们还没带猎狗，是不是挺厉害的，啊？"

"作为治安代表，你选择打猎同伴的品味非常糟糕。"警长咕哝道。

"昆纳里那时候还不是那个从疯人院里逃回来的人。"波尔蒂莫抗议道。

警官命令大家在营地周围放哨。他们退回林中，不得抽烟，不可出声，只能噤声躺在黑暗的灌丛里，等着胡图宁回到营地。每个人都以为他只是离开一会儿，都觉得只要他们保持警惕，就一定能够轻而易举、出其不意地逮到他。

几个人在灌木丛里待着纹丝不动，熬了整整一夜，然而外头仍然不见一丁点胡图宁的踪影。清晨时分，众人已是浑身湿漉漉，被冻僵了似的，大家聚在营地中央，开起了短会。

"继续守在这里是没有意义的，"埃尔维宁怒气冲冲地咆哮道，

"他早就嗅到了陷阱的味道……可能他现在就躲在某棵树的后面偷窥着我们呢,我们这么卖力,反倒给他看了大笑话。反正我是再也不会为了一个疯子躺在这湿答答的沼泽地里了。"

罗诺拉热切地对医生的话表示出赞同,气得西波宁对他这位雇员厉声喝道:"如果我命令你,你就得躺在这儿等着胡图宁,一直待到圣诞节。我才是付你薪水的人,你个废物点心。"

"就因为我正好为你工作,不代表我就要做什么怪事。这又不是割草砍树,这是上前线啊。"

此时警长宣布说,继续监视已然失去意义,这才结束了两人的争吵。警长接着分析说,那隐士一定是听到了什么风声,因此躲藏了起来;眼下他们应该捣毁营地,除此之外别无他法。几人铆足了力开始行动。

维塔瓦拉负起胡图宁的背包。西波宁拽倒了棚屋,把屋顶的树枝丢去了河里。埃尔维宁和教员一起,把食品储藏室拆了,同样投进了西瓦卡河。罗诺拉负责山坡上的座椅,又揽下了填粪坑的活儿,在这之前警长数了数胡图宁的排泄物,据此推测出他驻扎在营地里的时间。他们站在河边,把搭炉的石头滚进了河道里,把炉架砍了,又弄断了晒网用的木桩子。最后,他们把胡图宁的木筏给拆了,拆散的木头顺流而下漂走了。只有一样东西他们没去破坏,那就是隐士刻在枯树干上的日历。警长将日历同他的日志比对,得出结论说,最后一个标记是于两日之前刻下的。

"现在胡图宁失去了所有的装备,他肯定会在村里现身的。"

警长雅蒂拉说，"我建议各位在接下来的几天内保持警惕。为了我村的安全，我们必须尽快逮捕这个危险的疯子，以便对他进行恰当的治疗。"

众人结束了破坏营地的工作，开始动身回村。此时胡图宁正向营地靠近。他顺河而来，肩上扛着一根树枝，上面叉着超过二十磅重的鱼。他精神抖擞，心里想着，回到家园后首先得煮上一杯香浓的咖啡。

第二十五章

家园遭到毁坏，是一个沉重的打击。隐士亲手搭建起来的一切被一一破坏。所有的物品都被带走，无一幸免。胡图宁翻遍了曾经的营地，不放过任何一寸地方，可他找不到一件可用之物。木筏被推下了水流，甚至茅房的木凳都被锯断，其下的茅坑也被堵死了。

胡图宁的双唇间爆发出连串刻毒的诅咒。

他的生活再一次陷入了死局。他知道，缺乏合适的装备，加之没有庇护来抗衡野外严酷的生存环境，他是不可能在林中藏匿很久的。他只剩上下一身衣裤、几只飞蝇和旋式鱼饵、一把小刀以及一柄斧子而已。

隐士猜想，一定是警长和当地村民发现了营地，然后将它夷为了平地。他紧握斧柄，指节发白，两眼盯着泛着微光的斧刃，目露凶光。

胡图宁生了一堆火，用树枝叉着几条鱼烤了烤。盐在被他们拿走的背包里，缺了这一味调料，食物味同嚼蜡。他就着河水把鱼吞了。

然后，他把鱼骨内脏埋在灰烬里，起身离开了家园。当晚，他在莱乌图山顶过了一夜，在铺满松针的地上躺着睡了一觉。黎明的寒气把他冻醒，他爬上最高的山石，对着村庄怒目而视。

那微小之地安静地沉睡着，那些毁了他营地的人们正躺在温暖的被窝里安睡。胡图宁仰天长啸，气势汹汹，那声音最初有些迷蒙不清，之后便变得清亮高昂，癫狂震耳。这疯狂的哀嚎声穿透夏天万籁俱寂的夜晚，直达山下的村庄。狗儿们被唤醒，它们竖起毛发，吠了起来。很快，全村的狗儿们都开始了叫唤，连最小的狗崽都用尽全力狂吠，回应着胡图宁的嚎叫声，那声音自莱乌图的山石间传来，在四周清清楚楚地回荡着。自远处倾听，吠声此起彼伏，连绵不绝。方圆几英里内的狗儿们直到清晨才渐渐平息下来，而那时，胡图宁已经躺回莱乌图山的松针地，再次入睡了。

那一晚的村中，人人失眠。农夫们穿着袜子来到门廊上，侧耳倾听那吼叫声，然后又返回屋里，对妻子们说："那是昆纳里在外头叫呢。"

妻子们忧虑不安，叹息道："你们不该扰他清静，夺走他全部家当，你听听他声音里的怨气，多么可怜！"

那天上午，警长雅蒂拉致电西波宁家找莎奈玛·凯拉莫，要求她去他办公室一趟；他有些问题要问。

然而警长从她口中没有得到任何有效的线索。园艺顾问不知眼下贡纳尔·胡图宁的下落。雅蒂拉警告她，语气非常官方，说，为那逃匿者提供帮助是违法行为。胡图宁需要接受治疗，村里也需要恢复秩序。在整个问询过程中，警长都哈欠连天，不得已靠浓咖啡提神。经昨晚胡图宁和村狗们这么一阵闹腾，他也是彻夜未眠。

稍后，警长雅蒂拉和警官波尔蒂莫带着狗进入莱乌图山搜寻胡图宁的踪迹。不过那几条杂种狗似乎并不明白它们的任务是追踪那逃匿者的所经之处。尽管闻过了他的衣物，狗子们还是蹦跳着冲上山去追逐一只松鼠。警长雅蒂拉一阵恼怒，举起手枪便朝那松鼠开火，尽管啮齿动物的皮毛称不上战利品。用手枪击中小型猎物可并非易事；警长对着它足足射了一轮子弹，只见那一簇红毛在树丛间跳窜奔逃，狗子们则东奔西走，紧追不舍。警长追着那逃窜的大尾巴疯狂而徒然地扫射，枪声在莱乌图山中回荡。猎物逃过了他的扫射，而他的枪膛已空。最终还是警官波尔蒂莫举起步枪射杀了松鼠，狗子们欢天喜地，兴高采烈。警官把那血淋淋的小小的尸体递给警长，警长露出一脸嫌弃，把那东西粗暴地丢进了灌木丛中。

狗子们不听指挥，徘徊不去，警长只好叫波尔蒂莫留在莱乌图山里，负责把那群横冲直撞的狗子们赶到一处。回村的路上，他不得不向每个路人解释那些枪声的由来。终于回到了办公室，他关上门，感到胸中一口恶气。

正在此时，电话铃声适时地响了起来。来电的是奥卢的精神病院，询问警方是否找到了他们有史以来神经衰弱症状最为突出的病患之一，某个姓胡图宁的男人。雅蒂拉对着听筒咕哝道，人尚未抓到，倒也不是没有努力过。

"你们该死的究竟是为了什么要让那疯子逃脱？你们不是应该有厚实的砖墙、结实的门锁的吗？可你们还是让人随意地走了出去。你们最好还是看紧点你们院里的病人吧！"

医院工作人员语气冰冷地反驳道，那精神病人并不是奥卢人，而是警长你的辖地居民，你们那儿的疯子们不光有磨坊主，还有其他职业的人吧？既然他是你们那儿的，拘捕他就是警长你的职责。此后，就抓捕胡图宁究竟责归何方这一议题，双方轮流发表了几番尖酸刻薄、毫无建树的长篇大论，直到警长最终愤然砸下听筒，讨论才戛然而止。

那天晚上，胡图宁没有出声吼叫，而是去了村里。他偷偷穿过一间间村舍，来到了苏考斯基急滩。他在自家菜园里拔了几个白萝卜和胡萝卜来缓解饥饿之苦。他没敢进入磨坊，怕那里有人把守。

穿过森林，胡图宁偷偷溜到了西波宁家农场的后院，没有惊动家中的恶犬。一家人都在底楼熟睡，楼上却依然亮着灯光。那时园艺顾问仍然醒着。胡图宁朝窗子扔了一颗石子，而后闪身躲入近旁的醋栗丛中等待。灯光立刻熄灭了。窗户被打开，顾问小姐的卷发映入眼帘。她双目哭得浮肿，凝神望向花园。胡图宁从灌木丛后现身，抬头对着恋人低喊："你到银行把我的钱取出来了吗，莎奈玛宝贝？快扔下来给我！"

年轻女子伤心地摇了摇头,轻声答了句什么。见胡图宁无法听清她的言语,便丢了张小纸片下来。胡图宁一把捡起纸片,见上面写道:

合作银行很遗憾地通知您:您的存款及累计利息仅可支付于您本人,且仅可在取得官方书面批准的条件下进行支付。
此致
A.胡夫塔莫伊宁,经理

对此胡图宁完全无法理解。他愤愤不平地打着手势,口中迸发出一连串问题,怒气冲冲地低语着。前门的看家犬被吵醒,发出一阵睡意未消的吠声,胡图宁这才沉默下来。莎奈玛·凯拉莫被犬吠声惊了一跳,连忙取来纸片潦草地写几句话,扔给了胡图宁。他读道:

亲爱的贡纳尔:
明晚六点在树林见面,地点就在维塔瓦拉的收奶站后。

隐士回到了林中,开始思考目前的形势。那边厢狗吠声惊醒了西波宁,他穿着衬裤,手握着步枪,来到花园查看了木料间和桑拿房,又抬头望向看家犬呆视着的树林。此时猎犬不再狂吠,西波宁骂了它几句,就拖着只穿着长袜的双脚回屋了。

胡图宁用小刀把几个白萝卜切了薄片,一口气吃了。他搞不明白,银行经理究竟为何拒绝将他的钱交给顾问小姐。胡夫塔莫伊宁凭什么蓄意作恶?胡图宁怒不可遏。他在泥沼里挖了个坑,把剩下的几个白萝卜埋起来藏好,随后穿过森林,往银行方向奔去。

合作银行设在一座石屋的底层。银行经理与妻子孩子住在二楼,那里或许还住了一个雇员:一家人住一整层楼面好像有点太大了。胡图宁仔细查看着这栋存放着他尘世财富的建筑,考虑如何才能进去取出他的财产。要开启这保险箱似的银行楼,无疑只能使用枪支了。所以在开始营业的头几个小时里就动手解决问题,是明智的行动方案。不过赤手空拳地硬闯可不是办法。而在这种情势下,拿一把旧斧子作为武器似乎不够威力。要在柜台上取得他应得的款子,保证完成任务,一把步枪是更可靠的选择。

胡图宁想起埃尔维宁收藏着大量的枪支。他可以轻易偷一把出来。剩下的收藏品对医生来说够用了,况且狩猎季节尚未开始。

次日晚,胡图宁来到树林,在维塔瓦拉的收奶站后与园艺顾问碰了面。她惧怕得要命,浑身都在发抖。胡图宁搂着她的双肩护着她,在她耳边轻声说着一些情话抚慰她,问她熬得如何了。莎奈玛·凯拉莫向他倾诉,说了自他们上次离别以来发生的种种可怕之事。她想要给胡图宁一些钱,可是他拒绝了。

"你的收入太微薄了,我可怜的甜心宝贝,你自己留着吧。

我会想办法自己弄到钱的。"

胡图宁要顾问小姐晚上打个电话给医生埃尔维宁，跟他说十五英里以外的干图湖边有户人家急需他出诊。

"告诉他剖割山农场家有个女佣，需要产钳辅助分娩。"

顾问小姐问，为何她要对医生编造这样一连串的谎言，胡图宁解释道，他想让埃尔维宁离家一阵。要是他被叫去了偏远的地方，胡图宁就有充裕的时间在医生的诊室里查找所需。

"我需要埃尔维宁那里的一些药片，他家火炉边的柜子里有一些镇静剂。我上次看见他从那里头把药拿出来的。"

莎奈玛·凯拉莫明白，胡图宁可能是需要来一剂镇静药物，但她并没有因此而减轻半点惧意。

"这还是盗窃行为啊……而且给医生打匿名电话也不对呀。再说干图湖边并没有人家有孩子要出生，农场上甚至连个帮工的姑娘都没有。"

胡图宁说服了年轻女子，让她答应了所求。这么做难道不是一种治疗疾病的形式吗，尽管比较间接？他毕竟真的病了，没有人可以否认这一点。这自然不完全合法，但结果好，方式就对。毕竟他的头脑再也不能承受再多的压力了。而且如果他去药剂师那里买药的话，人们一定会把他径直投入监牢，然后把他押上头班列车，第一时间将他送回精神病院的，不是吗？

莎奈玛·凯拉莫应承说，她会在晚上致电埃尔维宁，不过她害怕医生会认出她的声音。胡图宁安慰道，所有女人都会伪装声线的，因为就连男人都会用至少两种口音说话。

"好吧，我会打电话的。我不敢说是剖割山农场的事，不过干图湖附近确实有一个孕妇，名叫莱纳兰基宁。我会说这个女人好像要流产了。"

园艺顾问又具体讲述了她在银行的遭遇，还说了警长盘问她的事，她说警长不仅向她提问，还恫吓她，使她不胜其扰。胡图宁勃然大怒；这是在过度滥用职权。

"为什么他们非要迁怒一个无辜的女人呢？又不是你从精神病院逃跑了，你再正常不过。他们能不能至少不去烦女人？白天黑夜地追捕我，还不够他们忙的吗？"

这对恋人分别的时候，顾问小姐亲吻了胡图宁，给了他半磅熏腌肉。胡图宁留在林中，手里是美味的熏肉片，唇上是爱人亲吻后的余温，心中是一片欣喜。待莎奈玛·凯拉莫骑车离去，隐士取出油纸中包裹的肉，连皮带肉吃个精光，实在是饿了。

第二十六章

胡图宁看了看怀表,八点了。他在埃尔维宁家背后的树林里匍匐着,等待时机的到来。医生随时会从房内奔出,赶去干图湖边为那可能流产的孕妇看诊。

不出所料,八点一过医生就行色匆匆地离开了家,他手里提着行医箱,脚上穿着长筒胶靴,神情有些愠怒。看来园艺顾问莎奈玛·凯拉莫已打来求救电话。埃尔维宁转动了汽车的启动手柄,飞速朝干图湖开去。车子一驶离视线,胡图宁就跑去前门试探,可惜门锁着。他只好通过地窖的窗户爬进了房里。

他一入到室内便直接来到后屋,挑选一把好猎枪。目光所及,满墙的枪支,多到不胜选择:一把霰弹猎枪、一把狙击步枪、一把专射麋鹿步枪、一把狩猎步枪以及一把复合枪,一个桶里装着弹药筒,另一个装着子弹。胡图宁决定只取其中一把:狩猎步枪。他还在书桌抽屉里找到了充足的弹药。轻型步枪是完美的选择。如有必要,他可以用它来射猎麋鹿,而这把枪的威力又不是太大,因此也可以用来猎鸟。

专心挑选武器时,胡图宁决定顺手带走些其他物什。他暗下决心，将来某一天，他定会补偿医生的损失，不过现在，他不得不伸手取物，缺失合适的工具，他无法在林中生存。好了，东西都找齐了，谁又有资格阻止他呢？警长和村民们——正是埃尔维宁带的路——把他的一切都夺走了。现在他只是在以牙还牙。

埃尔维宁有一只高档背包，质量比人们从胡图宁那里抢走的那只好得多。也对，胡图宁心想，一名医生自然会比一个地位低微的磨坊主拥有更好的背包。他的渔具也胜过普通大众的，只是可以再多些飞蝇诱饵，不过现有的众多旋式鱼饵已经够优秀的了。还有许多的野营设备，令选择变得极为困难。胡图宁只得将它们统统塞进包里，然后去卧房取了一条厚毛毯，卷好了系在背包上方。他又从墙上摘下来一副全新高倍望远镜，另取了一只指南针和一个存放着当地地形测量图的地图包，一起加入了他的搜罗所得。

胡图宁将所需之物打包妥当后，回头望去，就好像人们在离家之前，确认没有任何遗漏那样，最后扫视了一圈。他心想，出于礼貌，他应该在桌上留下一张字条，说明一切，解释缘由。然而当他记起人们是如何全方位捣毁他的营地时，便愤然放弃了这一念头。

莱乌图沼泽边，谁也未曾留下只言片语来道一句抱歉。现在轮到这庸医来受苦了！谁让他起初非要给我开病情证明的?

胡图宁循原路离开了医生处。他静悄悄地越过花园,来到林中,接着绕村行进,赶往凯米河畔。根据形势判断,他应该在河的西岸过夜,人们多数会去莱乌图山周围的荒地里搜寻他。

隐士再不能像以往那样,乘公共渡船过河,只得暂借一艘停泊在岸边的小船,划到对岸,而后在河口附近找一片林子藏身。离河大约一英里开外的地方,他发现了一片茂密的冷杉林,于是在那里过了一夜,身上裹着埃尔维宁家的毛毯。早晨的时候,他回到渡船处,身上只携带了那把步枪和两捧弹药筒。他把小船推进河里。

该去银行了。

隐士如同一道鬼影,闪身穿过树林,来到村里银行的楼后。时间尚早,银行还未开门。胡图宁决定等它开始营业,顺便给枪装上弹药。

银行一开门,他便手握枪支走了进去。两名职员恐慌极了:出纳员箭一般冲进后台,呼叫着银行经理胡夫塔莫伊宁,留下一名柜员面如死灰地坐在柜台后,满心以为自己必死无疑。一个精神病患者,手持枪支步入银行,这场景足够使人警觉。然而胡图宁并未端起枪来把银行射成筛子,而是语气平静地对柜员说道:

"我来取钱,我的全部存款,包括利息。"

银行经理胡夫塔莫伊宁快步跑到柜台前,他焦虑得失了态,抗议道:"胡图宁先生,您,是这样的……您账户里的存款确实在本行,锁在我们的保险柜里,但是我不能提给您,实际上……"

胡图宁作势要举起步枪。

"那钱是我的。我并不要任何其他人的钱。我只是来拿理应属于我的。"

胡夫塔莫伊宁惊恐万状,结结巴巴地说:"对于您在我行拥有存款账户一事我丝毫没有异议,我也承认您的账户里存有款项……但是……但是您的存款被扣押了。村监管委员会把钱转到了委员会名下的账户里。我们接到来自奥卢的通知,说您已在监管之下……您必须取得维塔瓦拉的许可方能取走您的存款。不如我给他去个电话吧?也许他会授权我放款给您的。"

"谁也不准给任何人打电话,反正一会儿你总会给警长去电话的。而且再怎么说,我的钱跟维塔瓦拉究竟有什么该死的关系?他搞林场的收入难道不够他花的吗?"

银行经理解释道,维塔瓦拉是村监管委员会的会长,因此有权对被监管人的财务方面问题做出决定。

"除此之外,对于银行账户的种种计较,我一概不关心。"胡夫塔莫伊宁信誓旦旦。

"我还是要取走我的钱,"胡图宁说道,"在哪儿签字?"

柜员战战兢兢地把一张凭条移到柜面上。胡图宁签了字,并

165

注明了日期。胡夫塔莫伊宁在柜台上点清了钞票。钱不多，不过够支撑几个月的了。

后台传来出纳员的声音。胡图宁过去查看，发现他正在通电话。现在可不是打电话的最佳时机，胡图宁提醒道。雇员吓得挂了电话。

隐士解决好了财务问题，对胡夫塔莫伊宁说，如果将来有余钱，他会用来买国债，不会再存银行了。

"对于那些只有提着枪来才允许你接触到自己存款的机构，我是不会信任的了。"

胡夫塔莫伊宁于是想要淡化此事的影响。

"在这件事上，银行绝对不会被认定为过错方。我们只是出于义务，依照法律和官方的指令来办事，无论需履行的义务是多么苛刻，多么令人不快……整个事件主要是由于误会造成的。但是胡图宁先生，您不能因此而对我们失去信任。我甚至不会将您这次的干涉行为称作持械抢劫，您的行为有着非常不同的性质，真的。等事情解决了，我希望您能再次莅临本行，通过我行处理您的财务问题。我们把老客户当作朋友来对待，这点请您放心。我觉得我们甚至可以聊一聊发放给您一笔贷款的可能性……当然贷款的事，只能过一阵再说。"

胡图宁悄悄潜回了林中。

银行人员过了一阵才从震惊中恢复过来，随后出纳员跑去给警长打电话，银行经理亲自报了警。贡纳尔·胡图宁手持步枪硬闯银行，他这样说道。

"他抢劫了银行。倒是没有抢走太多赃款——数目完全可以用他自己的存款来抵扣——不过抢劫银行是一项重罪，我相信您定会成立一支搜索团队来抓捕他。胡图宁才刚逃入林中不久。"

第二十七章

隐士在村后的树林里狂奔而过,来到了凯米河岸边。他跃入船中,划桨若飞,驱船驶入湍流之中。警长定会展开大规模搜捕;他半分不可耽搁。

等待渡河的汽车已经排成一行,由此可见,胡图宁造访银行的消息业已不胫而走,传遍了两岸。十几个男人已经推着自行车站在了渡船上,多数人肩上扛着枪。胡图宁自码头顺流而下,行了两百余码,赶上了渡船,与之齐头并进。

"喂,伙计!"渡船上的人冲他大喊。"跟我们一起去村里。昆纳里·胡图宁抢了银行,还偷了埃尔维宁的渔具和步枪!"

胡图宁只是奋力划桨,并未作答。见此情景,有人说:"他听不见,大点声喊。"

渡船上的人于是大呼小叫,胡图宁无奈,只得停下来回话。他拉下帽檐遮住眼睛,喊道:"我先划去对面码头,再跟你们会合!"

那几人听了才满意;胡图宁这才得以脱身。他把船泊在岸边,冲入林中。时间不多了。渡船上没有人认出他来,真是万幸。隐士取来背包,拿出埃尔维宁的地图,研究了片刻,而后一头扎进凯米河以西高高的丛林中,直奔剖割山而去。剖割山位于八英里开外,三面尽是辽阔的沼泽地,一处山坡之下,流淌着一条小溪。胡图宁思忖,他在那里会是安全的,至少开初一段时日,一切应该无虞。若是警长要在村庄和剖割山之间的森林里展开一场彻底搜索,就必须召集数百人参与。撇开这点不说,他一定会先在凯米河以东开始行动,那里是莱乌图沼泽的一大片荒野之地。

胡图宁在剖割山上闲散了一日。正如山名所示,高高的剖割山上布满了细高的冷杉树,树冠下宽上窄,形似尖刀。胡图宁不时将望远镜瞄向东边,目光越过剖割溪和辽阔的沼泽地,观察着是否有追踪者循迹而来。

胡图宁把钱数了又数,数目正是他多年来的积蓄以及利息,分毫不差。隐士心中计划,待林中的搜寻告一段落,他便去邻镇购置些东西。埃尔维宁的渔具目前尚能派上用场,并且一切顺利的话,他应该可以猎获几只山鸟充饥。他拿来枪支查看。多美的一把步枪:高超的制作工艺,弹匣可装五发子弹,配有望远式瞄准镜。不过现在可不是试射的时候,追踪者一旦听到枪声,就会发现他的踪迹。

傍晚时分,胡图宁突然警觉:通过望远镜,他的目光捕捉到一个正在移动的身影。一个小个子男人驼着背突然出现在泥炭沼的对岸,身上背负着一个貌似很沉的物件。胡图宁将焦点对准那人的身影,他背的是什么?那男人好像被一个极重的巨大容器压弯了腰,那容器看起来像是一个黑色的桶状物。沼泽地的边缘距离山体至少有一英里之遥,因此很难确定那究竟为何物。不过可以断言的是,那男人正处于一种异常匆忙的状态。他深一脚浅一脚地在滚滚泥沼中一路狂奔,尽管身上负重不小,却仍一刻不停,不给自己留半分喘息机会。他穿越沼泽地,直奔剖割山。胡图宁将子弹上膛,静候着。若是那男人孤身一人,情况看来也正是如此,那么便不必立刻奔逃。尽管如此,他还是在剖割山溪边的山石间藏好了背包。

男人跌跌撞撞地跑近了。胡图宁端起望远镜查看,只见那男人背着的是一只漆黑的大桶,容量至少有十加仑。随着他的脚步,一阵阵沉闷的金属撞击声回响在沼泽地上方。男人的手臂之下似乎还夹着一些类似杆子或者管子的物什。最终,那家伙停下了脚步,位置在胡图宁的射程之内。他卸下所负,喘了几口粗气,又沿原路跑了回去。这回他一身轻松,得以疾奔而去。哦,那小子真是着急得见鬼。

胡图宁惊疑不定:为何那人要将大桶一路背负到此,摆在这荒凉的沼泽地中?为何他要这样麻烦自己,做这样的辛苦差事?

那怪人的身影消失在沼泽对岸的林中。胡图宁想去查看一下那人驮来的东西,不过脑中冒出一些念头,阻止了他的冒进。谁知道那人费劲搬来此物意欲何为?或许那是一枚巨弹,用来激起他的好奇心,隐士心想,那是个圈套。

人类的残忍与狡猾是没有限度的:只要我做得到,最好还是与那器具保持安全距离吧。

少顷，那人又从沼泽地边的林中现身，背上又负了什么，似乎比之前那桶更为沉重。好吧，这就是他为何要原路返回的原因——是要另取一物渡泽啊。胡图宁举起望远镜，仔细研判着那人古怪的行为。这次他背负的是一只亮闪闪的容器。比之前的桶要小些，但是很沉，令那人无法负而奔跑，只得快步前行，往剖割山径直而来，那里有他先前遗留的黑桶，横在泥沼中静候。

待那人行近，胡图宁发现，这次他背着的是一只五加仑搅乳器。从他双足陷入泥沼的程度来看，搅乳器应该是满的。那人一走到先前的位置，便把搅乳器一把卸下，平复了下呼吸，接着又把黑桶举起来负在了背上。胡图宁放下望远镜，提起步枪，松开保险扣，等待事态的进一步发展。从胡图宁的瞭望点看出去，那人似乎位于步枪的直线射程内。磨坊主将几棵云杉树作为掩体，准备随时开火。他如何能判断那个身扛神秘搅乳器的男人有何意图？

直到那家伙爬上了山，胡图宁才认出了他。那搬桶的家伙不是别人，正是村里的邮差毕蒂斯雅尔维！胡图宁与他十分熟稔，其实村里每一个人都对他再熟悉不过。他是个好人，虽然是个不可救药的酒鬼——好人也好，坏人也罢，有多少人是踏上了酗酒这条路而不为此沉迷的呢？胡图宁顿时放松了：这乍到之人，尽管携带着神秘之物，绝不会是警长雅蒂拉派来的探子。毕蒂斯雅尔维是个五十来岁的干瘦小老头，战前就过上了鳏居生活，成天乐呵呵的，各方面乏善可陈，靠微薄的邮差收入过活，手头总是缺钱，不过身边总也不缺烈酒。他送信的时候，时常脚步蹒跚，投递包裹时，也常醉醺醺的，让人见了可怜。清醒的时候，他是个安静而热心的家伙，不过，喝多了酒的他，也曾在酒精的刺激下多次对村里的达官贵人们吐露心声，写信怒斥他们的为人，控诉老天为何待他们更为亲厚。

毕蒂斯雅尔维气喘吁吁地爬上了山，将那烟熏火燎的大黑桶以及几根杆子甩在地上。他浑身冒着热气，好似一匹疲累不堪的马；双手因高强度的作业而不住颤抖。他面目苍白憔悴，汗水沿着皱纹滚滚而下。用脏兮兮的袖口擦了擦脸，他抚着胸口站着歇了一阵。一大群蚊虫从沼泽地那边跟随他而来，然而他太过疲倦，已经无力驱赶那些吸血的小虫。随后他又转身重返沼泽，去取他留在那里的搅乳器。

毕蒂斯雅尔维费力将余下的装备都扛上了山。终于忙罢，他躬身坐在搅乳器盖子上，取出一支香烟。他累得要死，手指抖个不停，把划亮的火柴都熄灭了几回，直到第三次才点着了香烟。

"哦，见鬼！"

那男人精疲力竭、怒气冲天，胡图宁对此并不感到意外。扛着那么一堆重物在高低不平的沼泽地上走了天知道多远的路，任脾气再好的人，也会留下心理阴影了。隐士拿着枪步出树丛。

"你好呀，毕蒂斯雅尔维。"

邮差吓得把烟都丢到了地上。不过，当他认出来人是胡图宁时，一切惊恐便烟消云散了。他疲惫地展颜一笑，布满沟壑的脸庞因此明亮了起来。

"昆纳里，我的上帝！原来你逃到这儿来了啊。"

毕蒂斯雅尔维捡起香烟，又给胡图宁递上一支。隐士询问邮差来剖割山做什么，还不辞辛苦扛来那些缸啊桶啊的，究竟是为了什么？

"你不会没见过蒸馏酿酒器吧？"

毕蒂斯雅尔维解释说，跟往常一样，他在莱乌图山上建了一个秘密蒸馏酿酒地。这一批麦芽浆已经发酵好了，那日清晨，他正打算把麦芽浆煮了蒸馏。然而，正当破晓时分，森林中的静谧被人们搜山的吵闹声打破，他们扛着步枪在山边奔走，猎狗们的吠叫声、对于胡图宁名字的呼喊声、集结队伍的鸣枪声，各种声响由四面八方隆隆传来，整个山林间充斥着骚动和喧嚣。

"你可以想象，撒腿我就跑了。我要把整套设备都撤走，从那会儿到现在，我一直在林子里搬东西，先搬到了凯米河东边，又划船载着设备过了河，着急忙慌的，差点把船都弄沉了。然后我又扛着东西到了这里，一天跟个陀螺似的，连轴转！我跟你说，现在河东边儿的林子里一分钟的清静也没有，我这一辈子都没遇到过那么麻烦的情况。"

毕蒂斯雅尔维深吸了一口烟，低头看着他那装满发酵麦芽浆的搅乳器，还有那只大桶以及一堆管子，露出了幸福的微笑。

"不过我还是从那群杂种的眼皮子底下把我的蒸馏设备给弄出来了。打仗撤退那阵,我也遇到过类似的困难。我和另外一个家伙滞留在了地峡那儿,身边只有一挺机关枪。最后我们终于逃脱了,不过路上背着那挺机关枪,可把我们累惨了。话说回来,这次运这套蒸馏设备比那次还要更难一些。一整天我都要避开那些家伙,毕竟他们有枪,还得奔来奔去的,简直比撤退时还难上双倍呢。"

胡图宁了解到毕蒂斯雅尔维的窘况,很受触动,他说,未曾料想他会给邮差惹来如此麻烦,而这位善良的人儿仁慈地挥了挥手,阻止他继续表达内疚。

"别担心,昆纳里。我不是在责怪你,倒是那乡下警长,是他小题大做,才真正惹出了这一切。拿着,再来支烟!"

第二十八章

那晚，毕蒂斯雅尔维和胡图宁一起，在剖割山溪岸边的灌木丛里，将那套蒸馏酿酒设备架设好了。毕蒂斯雅尔维一心想把他那麦芽浆直接煮了；反正都已经发酵好了，而且他确实口舌生烟，焦渴难耐。但是那晚月朗星稀，云淡风轻；溪岸边但凡有一缕烟飘起，就会出卖这蒸馏场的所在之处。无奈直到第二日早晨起了风，他们才生了一堆小小的篝火，将麦芽浆灌入大桶，架到了火堆上。胡图宁利用业已空无一物的搅乳器到溪里取来水，倒入冷却缸中。酒精受热蒸发，蒸汽一接触到冷的管道，便凝结成水，涓涓而下，一滴接着一滴，注入备好的容器中。

毕蒂斯雅尔维尝了尝刚酿好的蒸馏酒，苦味让他皱起了五官，然而心情却是愉悦的，他把手中的杯子递给胡图宁。隐士却谢绝了，他说目前保持清醒对他来说才是上策。

"不想要这美味甘露？你怕不是疯了吧。"这酒徒诧异地惊叹道。不过，对同伴的禁酒行为简短地进行了一番正反的考量后，他便不再相劝了。

"我去搞些更适合我的。"

胡图宁决定往溪里投些飞蝇鱼饵。去之前，他又取了一桶冷水来作蒸馏之用。

　　待胡图宁捕回两条欧鳟，毕蒂斯雅尔维已经喝得烂醉。邮差提议，隐士作为两人中头脑清醒的那一个，应该负责烹饪，而他自己呢，就花些时间来用心大醉一场吧。

　　在邮差如愿喝个酩酊大醉之前，胡图宁已在蒸馏桶下的火堆上将鱼烤好了。毕蒂斯雅尔维身边有一些面包和盐，还有一片熏腌肉。他们在烤得滋滋作响的鳟鱼皮上撒了些盐，用手指捻着粉红色的鱼肉吃了，又佐以几大口面包。胡图宁意识到自己已经很久没有好好吃上一顿了；自从莱乌图沼泽的营地被毁以来，他就没吃上几口像样的。至于毕蒂斯雅尔维，他是两日前最后进的餐，那时他去了邮局，取信件和报纸。不过夏天他本来就吃不了很多，又因投递工作比较繁重，酿酒的活儿也不轻松。

　　"冬天我吃得多点儿，冬天我不怎么忙。天冷的时候，我差不多每天做饭，虽然全家就我一人。"

　　接着毕蒂斯雅尔维提议，为了互惠互利，不如合作一番，他去当邮差做活之时，就由胡图宁来监管蒸馏酿酒。每周三日，毕蒂斯雅尔维要送信去车站和附近两座村庄，这样留给他酿私酒的时日不多，基本不够完成蒸馏任务的，何况他还得辟出时间来啜饮成品。而作为对胡图宁替他酿酒的回报，他来全面负责隐士的来往邮件。胡图宁问，在这荒山野岭，他有什么邮件好期待的。

　　"就订一份《北方新闻》好了！我们会在车站旁边的树林里

给你按个邮箱。我来给你送报送信,就跟其他人待遇一模一样。你也可以寄信呀;我来负责投递。你可以给新来的园艺顾问写信啊。她明显是真心看上你啦。"

胡图宁想了想,他该给莎奈玛去信;这个主意不错。至于报纸,自从他被送去奥卢,就没见过报纸了。

两人说好了要互帮互助,又谈到《北方新闻》需要订阅多久,两人争辩了几句,最后统一了意见,认为订阅一年或许会是一种浪费,因为隐士的生活目前尚动荡不定。

胡图宁交给邮差一季度的订阅费用,毕蒂斯雅尔维承诺,一到村里就替他把申请表格寄走。

胡图宁给莎奈玛·凯拉莫写了一封短信,他在钱包里找到了当初银行给他的通知书,权当信纸,不过他没有笔,于是他取了一段树枝,蘸着烟灰,凑合着用了。

胡图宁展开埃尔维宁的地图给邮差看,两人商议了一番,讨论隐士应在何处建造新营地、架设酿酒器材,最后决定,选址在离溪水源头约一英里半处的一座小岭,那里位于沼泽地边缘,可以鸟瞰整个剖割山。那是胡图宁当日上午去捕鱼时发现的一处所在。他认为那里比他们现在酿酒的小山坡要安全许多。两人接着选好了将来毕蒂斯雅尔维放置胡图宁信箱的所在地。隐士可以一周三次去那里取信。礼拜天,甚至间或在周间,毕蒂斯雅尔维会来营地饮酒。

"星期天我就直接送信上门了,这样你星期六的时候就不必长途跋涉去信箱取报纸了。"

胡图宁请毕蒂斯雅尔维给他弄点盐、糖、咖啡和熏腌肉,当然还有香烟,同时把钱一次性付给了他。

酒足饭饱,邮差便准备出发去村里,因为那日是投递日。他在溪水里洗净脸上的烟灰,又漱了漱口,去掉嘴里大部分酒味,随后交代胡图宁,要是麦芽浆煮过头了该怎样处理;如果蒸馏桶出于这样那样的原因不出酒液了,又该怎么办。

"最糟糕的情况是,把麦芽浆彻底煮干了。一九三七年的夏天,我就干过这么一桩蠢事。上一年秋天,我老婆死了,从那以后我总在想,自己要怎么才能打发掉时间。想着想着,麦芽浆粘锅底了。刷那桶子用了我好几天时间。每一个喝过那桶焦酒的人都病了,其中有一个还差点死了。那之后的秋天,冬季战争爆发了,那个好险没死的人去参战,一个星期之内就战死了,横竖是个死。"

毕蒂斯雅尔维留胡图宁在原地看守酿酒场,自己踽踽着穿过沼泽地。他一边吹着口哨,一边漫步林间,直往邮局而去。撇开其他事不管,他首先替胡图宁拿出一张三个月的报纸订阅单。为了安全起见,他填写了自己的名字。

当晚,投递工作完成以后,毕蒂斯雅尔维回了一趟家,取了锯子、榔头、钉子、板材以及一块镀膜卡纸。他把这些工具和材料一股脑塞进自行车挂包里,骑着车经过火车站,来到了树林里一处荒无人烟的空地上。这里就是他和胡图宁说好要架设信箱的地方。他选好了一棵结实的松树，便开工了。

在老师傅手里，进度很快。毕蒂斯雅尔维先搭好框架，接着钉好板材，然后将做好的信箱固定在树上，又用小刀裁下一块长方形的镀膜卡纸，大小恰合信箱盖，如此信箱便是防水的了。"要是《北方新闻》被打湿了，倒也不是什么大损失，不过要是碰到重要的信件，任何闪失都是不可原谅的。"

为了给箱盖加固，毕蒂斯雅尔维从自己的皮带上截下两段。皮带尚有多余部分，足够再截几段的。邮差心下悲哀，这条皮带是他当年为了订婚仪式从凯米镇上买来的。那些日子里，他还是个强壮结实的家伙。但是自从他妻子过世以来，他已陆续在这条皮带上打了好几个新孔了。

"希尔达活着的时候，总是把我照顾得好好的。"毕蒂斯雅尔维陷入了回忆，细瘦的咽喉里一阵哽咽。

信箱做好了，只需油漆便可。邮差有些犹豫，他不知将信箱漆成邮电局的标准黄色是否理智。目前从大路上无法发现邮箱，不过到了冬天，邮局色可能会使之暴露。毕蒂斯雅尔维决定保持信箱的原木色，尽管他工作时遇到破旧不堪、疏于维护的信箱时，总是恨得牙痒。有一次他喝醉了酒，在西波宁那如鸽棚般破败简陋的小信箱里扔进一沓信，然后对着他破口大骂："至少给你那信箱刷层油漆吧，你可是农场主，业界大亨啊。我这儿跟往兔子窝里扔纸似的，我不是说你家那泼妇订的《新罗曼史》，谁他妈往哪儿搁有什么所谓！"

不过，毕蒂斯雅尔维还是在信箱正面刻上了邮局标志，一把军号，又在下方刻上主人姓名：贡纳尔·胡图宁。最后，他往信箱里塞了一份随身带来的《北方新闻》，算是启动仪式。

"这下昆纳里可以来取他的邮件了。"他心满意足地思忖道。

第二十九章

隐士又一次被逼无奈开始建设新营地。他将自己的物品和毕蒂斯雅尔维的设备转移到剖割山溪旁的那座小沙岭下，小沙岭在他的命名下，成为"沙洲营"。他立即动手，草草搭建了一个掩蔽棚，接着架设好了邮差的蒸馏场。他在长满地衣的山坡上挖出一个洞作为烤炉，沿山坡向下，离烤炉不远处，他又挖出一个较大的空间，用来放置工具、背包、渔具以及步枪。随后他便开始蒸馏烈酒。

第一轮过后，搅乳器里存下了大约二十品脱气味呛鼻的蒸馏酒。他算了算，要是再来一次，他还能蒸馏出十二品脱。隐士心里清楚，换作是毕蒂斯雅尔维自己来煮，他定会直接喝了第一轮，而不会操那心把酒液再次蒸馏净化。不过如今执掌的可是一个头脑清醒、能力出众的人，于是胡图宁将酒又煮了一遍。最终，他得到的是足足十品脱的酒液，那酒液如同秋日湖面上的冰层般晶莹剔透，其烈度堪比埃尔维宁的精馏烈酒。他抿了一口，酒液烧灼着他的上颚，他不禁呸一声把那东西吐了，满心嫌恶。

还是别喝酒为妙,不然我又得失控发疯了。

胡图宁将装着烈酒的搅乳器移到一处水洼里藏好,接着把蒸馏设备拆了,随后扛起枪,拿齐了渔具,出发去打猎捕鱼,囤积粮食。根据指南针的指引,他朝着西北方向前进,前方是一片树林,上年冬天,他和警官波尔蒂莫在那里一起射猎松鸡。熟悉的景致勾起阵阵美好回忆:那趟狩猎,他们捕获了许许多多的鸟,尽管身边连一只猎狗也无。

波尔蒂莫把狐犬留在了家中,因为那只狐犬接受的是猎熊训练,根本没有朝着松鸡吠叫的意识。如果这是个平常的夏日,胡图宁心想,现在他应该是和波尔蒂莫一起打猎,而不是在林中踽踽独行。警官呢,也没在做他期待的事。

波尔蒂莫把这大好的夏日时光都花在了追踪我这件事上。追猎好友,那种滋味不好受吧。

胡图宁毫不费劲就寻到了一处极好的狩猎地。他射下来三两只鸟,回去的路上,又在山溪源头捕上来几磅鱼。到达营地前,他还多摘了一篮蓝莓。

岁月静好,只是难掩寂寞。生活在林中,他无需做什么清扫工作,因此就地将猎来的鸟儿开膛破肚清理干净了挂在树上风干,再把鱼用盐腌上,码在桦树皮编就的篮子里,深埋在阴凉的泥沼之下。为了打发时间，胡图宁决定去看看是否有邮件寄来。毕蒂斯雅尔维有时间来给他派送报纸吗？

隐士轻而易举便在事先约定的地点找到了信箱，就在那火车站旁的树林中。他先是巡视了一圈，确认信箱不是个圈套，四周也无法设下埋伏。见林子里悄无声息，空无一人，他便斗胆上前，发现信箱上刻着他的姓名。

一阵暖流涌入这独行侠的心里：如今他与世界有了联系，对接点就是钉在一棵松树一侧的这只灰不溜秋、模样质朴的小箱子。毕蒂斯雅尔维把邮箱弄得很好。

不过，里头有信吗？隐士竟不敢打开查看。要是里面空空如也，那么在这方被遗忘的角落里尝到这般失望的滋味，该是有多苦。

胡图宁还是掀开了盖子。他惊喜地发现，信箱里有两份报纸，还有一封厚厚的信件，信封上注着他的名字，笔迹出于一名女性之手。他认出了字迹：园艺顾问莎奈玛·凯拉莫来信了。

隐士在离信箱几百码开外的地方寻了一处茂密的冷杉丛，藏身在那里打开了信封。这是一封优美的情书。胡图宁读着信，脸上泛起幸福的光辉；他头脑轰鸣，泪眼婆娑；他手抖如筛，心跳如雷。他欣喜若狂，几欲举头呐喊以宣快乐之情。

信封里还附了一本小册子，标题是"国家教育学院函授班：商务学"。

莎奈玛在信中解释了她为何要在信里附上这本列有专业信息

的手册，并请求她亲爱的收件人"万不可弃之不顾，须仔细研读，并报名参加某门函授课程"，因为贡纳尔目前有的是时间，而且即使在困境中也勤奋努力、好学不倦，是非常重要的品质。说到底，对个人而言，想要收获幸福、取得成功，接受教育是唯一的途径，对整个国家而言，这也是一条有利于国泰民安的康庄大道。

胡图宁一路奔回营地，整整十三英里的沼泽泥泞地，他只花了一个半小时的时间便一气走完了。他一头冲进棚屋，再次阅读起莎奈玛·凯拉莫的情书来。他逐字逐句读了一遍又一遍，直至把通篇都倒背如流，这才把注意力转向了那两份报纸。

报纸上有大量关于朝鲜战争的报道。遥远的亚洲丛林里，一场复杂的冲突正快速展开，经过整个夏季的纷争，冲突似乎要转变为一场阵地战。胡图宁回想起上年冬天，美国人、朝鲜人以及中国人轮番在战争中占据着上风。如今，沿三八线形成了一道战争前线，而苏联人正积极斡旋，意欲推动停火前谈判。其中一份报纸上刊登出一张照片：群山峻岭的背景前，有一辆满载炮兵的军用吉普车。根据文字标注，联合国部队正不间断沿军需供应线巡逻，以防任何一方设下埋伏。然而奇怪的是，吉普车保险杠上飘动着的，却是一面美国国旗。胡图宁唯愿各方能够达成协议。一旦和平降临，芬兰木材的价格就会下跌。那么农场大亨们，特别是西波宁和维塔瓦拉，便无法吃着朝鲜战争的人血馒头而一夜暴富。

人们开始议论有关奥运会的话题。看情形奥运会将于来年夏天于赫尔辛基举行。胡图宁年轻时，曾用一柄白杨木杆在撑杆跳高中越过了12.8英尺的高度，他也曾认真考虑过参加奥运会比赛项目，不过那时恰逢冬季战争爆发，原定于赫尔辛基举办的奥运会横遭取消。即使如今战争已然结束，胡图宁也没有机会前去观看比赛。一旦他走出树林，便立时会遭到抓捕。

报纸还报道说，苏联正计划首次参加奥运会。有何不可，胡图宁心想。看他们在斯维尔河边的战场上远远抛掷手榴弹的样子，苏联人里或许有几个掷链球高手。

> 如果参加马拉松比赛，他们也会大获全胜的，不过芬兰士兵参赛的话，应该会在自行车比赛里略胜一筹。前提是，奥运会里包括自行车项目。

阅读完报纸，胡图宁又研究了下教育学院的函授手册，手册里罗列出函授的种种好处，并对此大加赞扬。手册声称："锐意进取、善于管理的男女从商人员，比其他行业的大多数人能更加快捷、更为容易地取得一份良好的职业"。

胡图宁由此想到了他所在的磨坊业。确实，从商比在老旧的苏考斯基磨坊里做工来得容易营生。鉴于几场霜冻便能毁掉所有庄稼，连每年是否有合格的粮食可磨都让人无法确定。幸好他尚能通过锯木谋生，然而他无法扩大规模，没有资金支持他开设一家锯木厂。如今已有人考虑安装电动石磨，这样私人磨粮食时就不必考虑购买水权的问题了。全盘考虑下来，不得不说有改换职业的必要。然而，待他将自己的处境细想了一番，隐士又不禁犹豫起来，作为一名在逃人员，连自家的磨坊都不敢潜过去启动，他又该如何在商业圈子里觅得一份工作呢？

另一方面，胡图宁意识到，学习既有益处，又能打发时间。至于学费，则完全通过函件缴纳。手册里说道："只需受过小学教育，即可报名本校课程，不限地点，不限年龄，不限时间。住处需函件邮递可达，随心学习，随时进步。"

这种教学模式似乎是为胡图宁量身打造的，特别适合他目前的生活状态。在哪里学习又有什么关系呢？管它是树林里还是磨坊中。毕蒂斯雅尔维帮他把邮件送入林中；完全不必知会学院人员任何细节。

胡图宁就着些蔓越莓吃了半只黑松鸡，解决了一顿晚餐，随后倒头躺在他那张用冷杉针叶铺就的床上，不忘把步枪摆在手边。入睡前，他又将园艺顾问的来信读了一遍。或许我的生活仍能自行摆脱困境，如果莎奈玛继续给我写来一封封滚烫的情书，胡图宁满怀希望地思忖着，伴着杉树枝散发出来的阵阵清香，他慢慢进入了梦乡。

第三十章

周日，隐居于沙洲营的胡图宁迎来了他的访客们。邮差毕蒂斯雅尔维领着园艺顾问莎奈玛·凯拉莫前来拜访。身形瘦削的邮差背着一个相当有分量的大包走在前头带路，引来一群蚊虫，脑心手健康联合会的顾问小姐紧随着他的步伐，粉腮红唇，明艳动人。两人长途跋涉，精疲力竭，顾问小姐累得头晕目眩，但是当她见到了胡图宁，周身的疲累仿佛立刻就消失不见了。她伸出双臂一下搂住了隐士的脖子，隐士又惊又喜，幸福得忍不住长啸出声。

毕蒂斯雅尔维在旁等着，看着男女拥抱，听着绵绵吼声，简直心急难耐。他不禁清了清嗓子，半是严肃半是随意地问道："昆纳里，酒酿得怎么样啦？"

胡图宁于是引路，把他带到那处阴凉的水洼地，将那桶自酿美酒从底下拽上来，打开盖子，让毕蒂斯雅尔维闻了一闻。邮差深深皱起了五官，快乐的喟叹声在桶中回响。他疯狂地表达感激之情，大声地宣布，他也给胡图宁带来了好东西，就跟那美酒一样珍贵。

"来吧,看看我给你带了什么,谨请照单签收!"

他们转身回到营地,莎奈玛·凯拉莫正在那里煮咖啡。毕蒂斯雅尔维把包里的东西一股脑倾倒在棚屋地上,举凡所需物资,可谓应有尽有:大袋的盐和糖、一包咖啡、一袋粗麦面粉、两磅熏肉、四磅黄油……最后滚落到针叶地上的是一颗卷心菜、几捆胡萝卜、白萝卜、豌豆荚、甜菜根、芹菜、抱子甘蓝以及五六磅新鲜土豆!

胡图宁温情脉脉地望向莎奈玛·凯拉莫,女人娇羞地报以幸福的微笑。

"贡纳尔,想想怎么弄这些蔬菜吧,依我看放炉箅子上烤着吃最好了。除了卷心菜和芹菜,其他都是从你家菜园子里收上来的。"

"我该怎么感谢你呢?"胡图宁一边念叨,一边饱含深情地看着毕蒂斯雅尔维孱弱的身形,还有那堆邮差穿越森林从村里背来的补给品。"邮差先生,背了这么多东西过来,一定费了不少劲吧?"

毕蒂斯雅尔维故作轻松地否认了,以示阳刚之气。

"那一袋有啥呀,不就几颗卷心菜嘛……你还记得那天吗?我不是背着蒸馏器从东边的林子里一气跑到这剖割山来了?那才叫苦差事。说真的,要不是为了我那麦芽浆,我一定会把蒸馏器留在莱乌图的山林里的,就藏在警官的眼皮子底下。"

邮差的背包口袋里还装着信纸、信封、铅笔、橡皮、卷笔刀、直尺、笔记本、便笺簿以及好几本各类图书,包括教育学院函授课程的课本。胡图宁一边将两人带来的礼物装进自己的背包,一边絮絮叨叨说着感激的话。邮差还送来了邮件:《北方新闻》以及凯米五金店寄来的账单一张,春天的时候,胡图宁在那里订过一条驱动皮带。胡图宁看了看,还挺贵,甩手把账单扔火堆里烧了。

"你们好好谈恋爱吧,我去去就来。"毕蒂斯雅尔维贴心地说,其实是他一心想要快些去和他那搅乳器好好亲近亲近。不过此时煮咖啡的水恰好开了,邮差不得不等上一阵再走。莎奈玛·凯拉莫打开咖啡包装,往壶里倒了不少。毕蒂斯雅尔维大口喝下一杯,就不再要了。嘴里的热气还未散尽,他便匆匆离开棚屋,说至少两个小时不会回来了。

"你俩随意,反正我不在,没人看得见。"

那个星期天可真快活呀。夏末时分,凉风习习,蚊虫被风驱赶到山下的沼泽地里,爬满地衣的山岭上清静无扰。阳光明媚,山溪微汩,泥炭的气味熏人欲醉。园艺顾问同胡图宁两人千言万语娓娓道来,畅想着胡图宁的未来,叹息着,亲吻着,你侬我侬。隐士意欲更进一步,但莎奈玛·凯拉莫并不愿意。胡图宁得知,园艺顾问是害怕会因此怀孕而后产下心智失常的婴孩。莎奈玛·凯拉莫说,她想跟胡图宁结婚,不过要待情势明朗些再说。可现在她不敢要孩子。等将来胡图宁病好了,她是希望给他生个孩子的……她会尽全力帮助贡纳尔从疾病中恢复正常。到那时,他们就可以要孩子了,多少个都行。不过要是他的情况没有好转,她是不可能冒这个险的。

"我们可以领养一两个孩子，选那些健康的宝宝。直接去凯米妇产科医院就可以领宝宝回来，甚至不用付钱给他们妈妈。这些妈妈们穷得要命，养不活孩子。"

胡图宁想了想，理解了她惧怕的心理。孩子要是一生下来就被贴上疯子的标签，未免也太可怕了……隐士计划出卖磨坊。他决定写信给奥卢的哈波拉，或许只有他才能安排好磨坊的售卖事宜。夏天行将结束，他不知哈波拉是否已经出院，毕竟自延续战争爆发以来，他已在那里待了十年之久。

胡图宁口述了一段内容，委托哈波拉全权代理此事，让莎奈玛写好了封在信封里，贴好了邮票准备邮寄给哈波拉。

邮差回来后，三人下午一起用了餐。莎奈玛·凯拉莫煮了蔬菜汤，他们还用熏肉和生菜做了几份单面三明治。顾问小姐在炉箅子上烤了蔬菜，又用几个桦树皮小盘子装了些浆果炖了炖。

"好吃极了。"两个男人评价道。莎奈玛·凯拉莫面红耳赤，难掩兴奋，时不时抬手将几卷秀发从额前撩开。胡图宁目不转睛地注视着面前这名年轻女子；他是如此爱她，爱到心痛。他感到如坐针毡，单单是对她的爱意就能促使他一跃而起，绕着火堆一圈圈地踱步。

饭后，访客们必须返回村中了，毕竟路途遥远，加之毕蒂斯雅尔维已醉得东倒西歪。胡图宁与他们同去。幸好所携东西不多，虽说如此，莎奈玛·凯拉莫依然感到疲惫不堪，她不习惯在林中长时间徒步行走。出于不同的原因,毕蒂斯雅尔维亦是倦怠得很。因此最后一程,胡图宁只得走在两人中间,一手拥着顾问,一手拽着邮差。毕蒂斯雅尔维一路谈笑,顾问小姐则软绵绵地依偎在胡图宁怀里。如此这般三人最终行到了大路边,胡图宁与莎奈玛·凯拉莫互相道别,柔情蜜意话再会,许诺鸿雁传情。毕蒂斯雅尔维则表示,要免费为两人投递信件。

"贴什么邮票,盖什么邮戳?没有意义!别多此一举了,我这样的邮差啊,才不会小题大做……我就当没看见。邮电局又不会因为昆纳里没在信封上贴邮票就上蹿下跳地发脾气!"

送走了客人们,胡图宁独自一人来到凯米河边,跳上一条船,渡河而去。他穿过东边的树林,来到了莱乌图山,候在那里待夜幕降临。一到午夜时分,胡图宁便举头嘶吼。他高亢的嗓音直达村中,振动着每一个村民的耳膜。呼啸完毕,他取出香烟抽了起来,心想,我这再次开嗓,他们又会来莱乌图山沿西瓦卡河搜寻了吧。

    所以大声吼叫也得讲究方法,要能给自己开辟一条逃生之路。

抽完烟,胡图宁又接着呼喝起来:时而哀鸣,时而怒喊,时而长啸,时而低吼,像足了一头遭受追猎的野兽。他嘶吼不已,直到用尽了气息,满足了心意。长久的压抑一时间发泄完毕,实在令他感到无比的愉悦。

胡图宁吼得心满意足，随后他缄默下来，静静聆听村中的反应。村犬们听见了他的呼啸声，齐声吠了起来，四面八方，此起彼伏。村人彻夜未眠。

完成了任务，胡图宁离开了莱乌图山。直到东方既白，他才抵达他那位于凯米河西岸的宿营地。胡图宁躺在棚屋里，一边蓄积睡意，一边思忖：跋涉数十英里，两次偷船渡河，辛辛苦苦，究竟所为何事？一夜奔波，就为仰天一啸？

第三十一章

天气转凉，阴雨连绵。胡图宁困于棚屋，隐士的生活开始显现出困苦之处。夜凉如水、迷雾蒙蒙，白日阴暗，死气沉沉。天气转变的唯一益处是河鱼变得极易上钩。时至夏末，捕鱼的最佳时节业已来临。然而胡图宁没有桶具，无法将渔获腌制起来，因此也无法在河上打发太多时间。

雨水渐多，棚顶开始滴答漏水。为了改善情况，胡图宁选了几棵结实的桦树，长长地撕下几条树皮，铺在棚顶，就像往谷仓顶上安木瓦一般。这下屋内舒服多了。然而时间的脚步慢得可怕。一天思来想去的，也不是什么趣事，况且多数时候，脑中都是些胡思乱想。

胡图宁于是埋首书堆，成日阅读园艺顾问为他购买来的那些书籍，其中包括教育学院的函授读物。他首先选择了一本某个名为H.法布里蒂乌斯的作者撰写的医学著作《神经过敏与神经疾病》。书皮上的文字赞美道：此书为芬兰学界关于此题迄今为止最为卓越的著作。这引起了胡图宁的兴趣，他试图从书中找到关于他自身精神疾病的恰当解释。有几段描述乍一看与他的情况十分类似。比方说，书中有一章题为"敏感易怒人群"，其中就有他的影子。不过，另一章节讲述的神经疾病引发的性功能问题，就与他全然无关。他的性器官功能完全正常！对他来说，抒发性欲的惟一障碍是园艺顾问莎奈玛·凯拉莫对于生养一个失常婴儿的恐惧。

书中列举了罹患"痴迷症，又称神经官能症"之患者的病例详史。胡图宁不得不承认，他亦表现出书中提到的某些症状，然而他仍不觉得自己患的是神经官能症。总的来说，此书并未达到胡图宁心中所期，通篇读下来，他仍未确定自己到底所患何病。撇开这点不谈，胡图宁觉得此书本身倒是十分有趣，甚至令人发笑。他尤其乐于阅读关于精神病患的描述。第十四号病例则是令他感到最为滑稽的一则。

> 一名从未离开过德国的中年男子，周游全国发表演说，宣称自己生于南非德兰士瓦省会比勒陀利亚，并在布尔战争中参与了四十二场战役，立下了赫赫战功，总统克鲁格因此授予他男爵爵位以表彰其卓越功勋。演说期间，他会向听众售卖自己的戎装照明信片（图三）。

照片中，此男身着军装，形象熠熠生辉。如此讨喜的外形，让胡图宁立即对他心生好感。因此当他读到德国人是如何对待这位令他产生惺惺相惜之情的人时，他是出离愤怒的。事情是这样的:"警察注意到了他的言行,将他送去某精神病院接受检查,医院诊断其为冒险型杜撰狂躁症精神病患者"。

法布里蒂乌斯以一个芬兰人的角度分析了该病例,认为此人"不应被判定为犯罪分子,只不过社会不允许其成员通过在演讲中吹牛说大话而赚钱谋生,即使内容使人着迷且具有娱乐性"。

胡图宁怒不可遏,一把将书甩到角落。他可以想象那可怜人在那样早期的德国精神病院里经历了怎样的折磨。如果将奥卢的疯人院比作人间炼狱,那么德国病院的环境只有更残酷。

胡图宁一头扎进书堆,开始认真学习。函授课程第一课为写作课;他完成了练习,阅读了主命题和次命题例句,又看了几句并列句与连词运用的例句,这些句子令他称奇:

工作战胜环境;工作时无需睡眠。
我们要去长途徒步,并在林中度过一整天。
天气炎热的话我们才去。

句子内容比语法结构更令他感兴趣。他想起自己之前的长途跋涉,随后又恼怒于自己整个夏天都不得不待在林中的境况,接着埋怨起这日益寒冷的天气。都怪警长雅蒂拉,是他造成了这一切。

胡图宁又回到学习上来,熟悉了字母组合"eng"和"äng"的发音。成年人竟然花时间花精力来总结这些显而易见的规则,真是太滑稽了，胡图宁不禁发笑。下一章关于声门塞音，或称送气音，就不那么高深莫测。他试着不用声门塞音，自言自语了一阵，效果令他捧腹。每一句话都让他笑得要发疯。真幸运，四周空无一人，不会被人听了笑话。

比起写作，法律与商业实务对他而言更具吸引力。他首先拿起莎奈玛·凯拉莫寄给他的那本指南，开始读了起来。指南的作者是I. V. 凯蒂拉以及埃萨·凯蒂拉。两人之间有何关系？或许是夫妻？

此书的行文很枯燥，不过各个概念倒是解释得很简洁且易于理解。函授课程规定，开始只需读完该书的前二十页，不过雨下个不停，丝毫没有放晴的迹象，胡图宁不知不觉把整本书从头到尾囫囵吞枣地读完了。之后他开始做练习。

其中一个问题是，请将批发与零售业务并列比较。这让胡图宁想起了商店老板特尔伏拉。在回答完此题后，他又加上几句："我村有零售商，名特尔伏拉，拒绝售货给精神病患，除非此客人持斧威胁，在此情况下，不如寻批发商求购，较之去他店里更简单易行。"

芬兰银行为何不为存款发放利息？

这个问题也很有意思。胡图宁在答案中谈到了央行的角色，借用了作者在书中的解释，接着他差点就想谈到银行经理胡夫塔莫伊宁，此人不但拒不支付利息，连本金都拒绝给付，他的这种表现比芬兰银行还要专制。不过转念一想，胡图宁抑制住了在此揭发此人的念头。胡图宁心想，自己的财务问题，跟教育学院的函授课程有何利益关系呢？目前的主要任务是学习，而不是讨论胡夫塔莫伊宁的银行业务问题。

什么是押汇信用证？什么是债券？

胡图宁发现商务术语很有趣，也很迷人。他觉得自己对这些术语记忆起来毫不费劲，心下不免有些后悔，年轻时应该去学习商业的。不仅仅是因为这一学科简单得超乎想象，而且它应该还很有用处。假设一个富有的商人有一日突然仰天长啸，他应该会比一个小磨坊主来得更容易取得人们的谅解吧。

不管怎样，现在这个年纪再开始学习，为时尤未晚。

胡图宁想象着自己完成了学业，取得了文凭，不由得欢欣鼓舞。圣诞节前应该就可以了吧，毕竟课程看起来非常简单。等他在森林里读完了课程，人们就很难再把他当作一个纯粹的疯子来看待了吧。如果他向警长交纳几笔罚金，当作是对自己数次吼叫的惩罚，或许有一天他还能成为一名批发商的仓库管理员呢！他甚至还能继续经营一家磨坊，如果工作地附近恰好有一间，这有何不可呢？

这时，胡图宁想到，他实际上不能以自己的名义取得文凭。

因为为了保险起见，报名课程时用的是邮差毕蒂斯雅尔维的名字，那么显而易见，证书上应该也是他的姓名了。胡图宁仅能获取专业知识，缺乏官方的正式承认，这似乎就不是美事一桩了。

换个角度看，对于毕蒂斯雅尔维而言，倒是获利不少。那家伙只需按时给胡图宁投递邮件，顺便喝上一顿自制佳酿，不知不觉中就能取得一张商学文凭。要是他好好钻营，就有可能在邮政局里青云直上，被提拔到村邮政局长的位置。毕竟村里人总说，现任邮政局长不具任何领导资格。胡图宁在脑中想象着毕蒂斯雅尔维掌管村里邮局的情景，眼前浮现出他坐在一张巨型办公桌后的模样，就像一名登上宝座的国王，他鼻尖上架着眼镜，时不时从面前一排排邮票里取出一枚来贴在挂号信上。

隐士对这图景感到很是欣慰，于是重新拿起指南，专心于新一轮学习。

他一边回答着关于"再贴现"的问题，一边暗自思忖，我们两人谁能在社会里得到升迁，又有什么关系呢，无论是我，还是毕蒂斯雅尔维，都无所谓的。

周五的时候，气温回升了些，雨也停了。胡图宁把课后作业装在信封里封好，贴好了邮票，又给园艺顾问写了信。随后他把这两封信件带着，往林子里进发，准备把信投入自己的邮箱，待邮差来取。邮箱里应该有两三份《北方新闻》等着他，除此之外谁知道还有些什么邮件呢？或许会有莎奈玛·凯拉莫的来信？

等胡图宁来到邮箱附近，天已经全黑了。他小心翼翼地靠近，不过四下并没有人暗中监视；这里仍是一个隐秘的所在。邮箱里有几份报纸，还有一封莎奈玛的来信。她在信里表达了对胡图宁的热爱，还警告他，又有一支庞大的搜索队伍去到了凯米河的东面搜寻他的踪影。警长对着警官波尔蒂莫连吼带叫、口不择言地恣意谩骂，斥责他整个夏天都没能把胡图宁捉拿归案。

《北方新闻》上刊登了一篇文章，内容关于全省田径锦标赛，比赛将于下周日在村运动场举行。正在本地区视察的省长本人，许诺要前往观看赛事。报纸列出了锦标赛项目以及省长将会出席的比赛。

胡图宁决定也去锦标赛现场看看。或许他可以在某座坡顶观看比赛？他可以爬上树，通过埃尔维宁的望远镜欣赏运动员们参赛的风采。扩音喇叭里的广播声传不了很远，不过那无关紧要。主要是能观看到比赛，还有省长的风姿。

这样也无需购票进场。

第三十二章

周日一大早，胡图宁便从沙洲营动身出发，赶在人们晨起前抵达村庄。他又在凯米河岸边偷了一条船，划船渡河。整个村庄仍沉睡着。空气凉爽，已有了秋意，天尚未破晓。胡图宁开始寻找一处合适的观赛地点，要利于观看锦标赛，又不易被人发现。

村庄附近有两处高坡。不过没有一处满足胡图宁的要求。从其中一座山坡顶上只能看见新教堂的木瓦和尖顶，站在另一座山坡的顶部，视线则会被消防员晾水管的高塔挡住。还有第三种选择，就是去莱乌图山观看锦标赛，不过那里太过遥远——即使埃尔维宁的望远镜倍数再高也捕捉不到参赛者的运动细节。

最佳选择是攀上消防塔，不过那是全无可能的，理事会道路维修部的长官就住在消防塔的底层。唯一的选择只剩下新教堂的钟楼了。不妨一试。

胡图宁蹑手蹑脚地穿过空无一人的教堂院子，推了推教堂前门，每一扇门都是锁着的。圣器收藏室后面有一扇通往地窖的门，也是锁着的，不过地窖窗户倒是一推就开。胡图宁缩着身子挤入窗户，进入了地窖，反手把窗重又关好。

地窖里暗沉沉的，弥漫着一股腐叶土的气味。胡图宁擦亮火柴，看清这是一间宽敞的泥地房。这就是他们用来存放圣餐葡萄酒的地方？会不会走着走着踢到一堆陈年老尸的股骨胫骨什么的？胡图宁又擦亮了几根火柴四处照了照，没见着什么酒瓶，也不见半点尸骨，反而见到一大堆覆满苔藓的砖块、一架独轮手推车，还有一台水泥搅拌机。

好吧，这里是教堂存放建材工具的地方。如此看来，有尸埋于此的可能性确实不大，教堂在世纪之初才刚建成。

胡图宁沿地窖楼梯往上，通过一扇未锁的门，来到了圣器收藏室。他毫无阻碍地穿过房间，来到了教堂高阔的中殿。中殿的墙上铺着蓝灰色的镶板，尽管殿内光线昏暗，却仍能见到墙上斑斑驳驳的景象：油漆已大片大片地脱落，露出内里赤裸的模样。从前镇上的人们妄自尊大，建起这样一座巨大的建筑，如今他们的后代已无力维持教堂的光鲜体面。是信仰的缺失还是资金的匮乏，胡图宁无从知晓。

此时的他忍不住步上讲道台，在那里驻足片刻。他摆出一副牧师布道的姿态，充满激情地发出了一声吼叫。声音在教堂的高墙内回荡，巨大的声响令胡图宁惊了一跳，他立刻转身匆匆逃下讲台。随后他又上楼来到了画廊。那里有一架风琴，风琴背后是一道螺旋形楼梯，直通钟楼。

拾级而上，整整转了七圈，胡图宁才来到了钟楼之上，这是一间六边形的小房间，顶上垂下来一大一小两鼎钟。房间的六面墙上各开有一扇圆窗，是六扇未嵌玻璃的空窗，这样的设计合乎道理，要是装上玻璃，钟声会被蒙在室内无法传播出去。胡图宁透过一扇窗朝下望去，顿觉头晕目眩，钟楼顶太高了。

站在这令人眩晕的高处往外眺望，整个村庄尽收眼底，连远处黛色的山脉也一览无余。运动会场正在目光所及的近处，就像是装在盘里、端到面前的佳肴，只需随意一瞥，便能将赛况看个清楚明白。就算刻意争取，也未必能找到如此理想的观赛之处。胡图宁将望远镜对准铺着沙子的跑道。对他而言，一切就绪，锦标赛可以立即开始了。

天终于大亮，时间漫步向上午十点滑去。一个多小时以后，运动会即将开始。隐士拿出他从《北方新闻》上剪下的赛程表，低头研究了起来。田赛将于省长致辞后直接举行。整个赛事会随着径赛的展开达到高潮，包括三千米长跑、四百米跨栏跑以及一百米短跑。四百米跨栏跑可是胡图宁的专长。战时，他曾在斯维尔河畔的前线取得过整个师的跨栏跑比赛冠军，奖品是五天的休假。他利用这五天时间去了趟索尔塔瓦拉，在那里抓了好几只螃蟹大快朵颐了一番，虽则为了捕蟹，他弄丢了一双鞋底带钉的跑鞋。

此时楼下的教堂院子里传来了些声响，是牧师带着教堂司事一路走了上来。这时胡图宁才记起那日是礼拜天，而此刻正是晨祷之时。尽管如此，也无关紧要，钟楼上很安全，况且他来教堂也无任何特别目的。欣赏欣赏赞美诗也好，甚或可以跟着唱几句，权当打发时间。而且晨祷一结束，今日的主要娱乐活动——全省田径锦标赛——就会开始了。

教堂里有声响回荡了上来，房门砰的合拢声，地板的吱嘎声，教堂司事在风琴上的奏乐声。然后，胡图宁似乎听到有人上楼的脚步声。是牧师吗？他上来究竟所为何事？胡图宁走到楼梯口侧耳倾听。毫无疑问，有人正沿台阶朝上走来。

胡图宁突然回过神来，是司事上来敲钟了，多么理所当然的事实！

情况十万火急，小小的楼阁里无处藏身，敲钟人的脚步越来越近了。

不见得跳窗逃跑，那是死路一条。

农场帮工罗诺拉攀上最后几节阶梯，正当他走到门边时，毫无防备地遭到胡图宁迎头痛击。罗诺拉差一点滚下楼去，还好胡图宁一把抓住了他，用胳膊夹着人把他拖到了教堂钟下。农场帮工不省人事，但呼吸尚为平稳。胡图宁摸了摸他的心跳，判定他伤得不算严重。胡图宁抽出自己的皮带，将他双手反剪在背后绑好。又抓下农场帮工的衬衣，团一团堵在他嘴里。确定罗诺拉动弹不了，也发不出声音，胡图宁架着他来到窗边，让新鲜空气激他苏醒过来。晨风一吹，农场帮工很快恢复了神志。

"你现在成教堂司事了，嗯？"胡图宁轻声问道。罗诺拉胆战心惊地点点头。

"原来的司事呢？"

农场帮工示意那人病了。

"这么说你是来敲钟的？"

罗诺拉点点头。

胡图宁取出怀表看了看，主啊，晨祷随时就要开始了！该敲钟了。可不能让罗诺拉干这活，他一定会想办法发出警告的。到时信众们就会奔上钟楼，查看这临时司事究竟陷入了何种危险。胡图宁于是决定，这个礼拜日，就由他来鸣钟吧，也是无奈之举。

他努力回想，惯常的钟声到底是什么节奏，而他只记得鸣声间隔很长。需不需要击打出什么特别的音调呢？胡图宁全然不知。别无他法，只得守时鸣钟了。胡图宁拽过小钟的绳索，迅猛地击打了一下。小钟略微动了动，在水平线上左右摇晃了一阵才恢复静止。胡图宁又拽了拽绳索，小钟弹到最上方，回落时发出了刺耳的钟鸣声。胡图宁又伸出另一只手，用力拉了拉系在大钟钟舌上的绳索。大钟发出了更为巨大的轰鸣声。胡图宁随节奏一左一右拽着钟绳，制造出震耳欲聋的响声。

对于敬畏上帝的信众来说，这样的钟声是一种相当不错的邀请，促使他们奔赴教堂参加礼拜，不是吗？

胡图宁此时又有些犹豫起来，这敲钟的仪式要持续多久呢？十分钟？更久一些？敲钟的活计很是累人，他还得分出心思来关注罗诺拉，罗诺拉正坐在窗下，绞尽脑汁想要逃出拘禁。胡图宁一刻不停地鸣着钟鼎，直干得满头大汗。雷鸣般的钟声使整个教堂震动不已。他想象着这来自地狱般的钟声传到远方，直达最为遥远的村庄。就连居住在北极圈内罗瓦涅米的人们，也能听见小镇里这召唤虔诚教徒们前去敬拜上帝的钟声吧。

胡图宁上下运动着双臂，肌肉已有些麻木，尽管如此，他还是设法看了看怀表。离十点还差一分钟。他决定一到十点就停止鸣钟，或许这就是正确的做法，牧师总要找个时机进场。隐士的双耳已被这魔音般的钟声击垮。

十点一到，胡图宁立即放开钟绳。小钟又鸣了两回，大钟多鸣了一声，随后钟楼里笼罩下一片天堂般的寂静。

片刻后，一阵热烈的赞美诗吟唱声从教堂里传了上来。胡图宁的敲钟声没有引起信众的注意，没有人觉得有任何不妥。

钟楼里并不能听见牧师的布道声，然而连胡图宁也加入了最后的圣歌吟唱。礼拜仪式结束了，礼拜者们纷纷离开教堂，直接来到了运动场。教堂司事告病，临时司事被缚在钟楼之上，因此这个礼拜天无人组织募捐活动，不过教堂会众似乎并无怨言。胡图宁深感后悔：要是教区的募捐活动如常展开，生活在好几个异教国家的孩子们就不会被剥夺了接受福音的机会，而这一切都拜他所赐。他暗自下定决心，待他经商赚了大钱，一定补偿教区，大力赞助传教使命。

运动场的扩音器里开始传出刺耳的广播声。胡图宁走到窗前，端起埃尔维宁的望远镜举目望了起来。他看见一群身穿运动服的参赛者，周围是成百上千个观众。体育场远端的终点线附近，用木栅栏围起一处，里头排放着一些座椅。省长坐在前排，身旁是几个本地的显要人员：警长、地区理事会主席、埃尔维宁医生、牧师，还有几个大农场主，包括维塔瓦拉和西波宁。省长携夫人出席，显要人员则未带家眷。

胡图宁通过望远镜在人群中搜寻着莎奈玛·凯拉莫的身影。他费力地一遍遍扫视，终于看见了顾问小姐，她处于隐士视野的一端，正立于教堂附近一片长满松树的小山坡上。那里有一群年轻女子，个个同她一样，戴着头巾，穿着五颜六色的半身裙。胡图宁见到莎奈玛，喜出望外，差一点要吼出声来送上问候。

省长拿起话筒，准备发言。扩音器安置的角度意味着在这钟楼之上，省长的致辞会回荡两次，好像他每说完一句话就自我模仿一遍。他强调了体育运动在弘扬道德方面所扮演的角色，敦促公民们抓紧一切机会加强体育锻炼，互相竞争以求进步。省长继而谈到了芬兰被要求以实物赔偿苏联一事。他说对于整个国家来说，要完成这项赔偿，须得施展一番极其高超的体育技能。

"如果载着赔偿物开往边境的火车晚点一秒，哪怕是十分之一秒，那么领取物资的那一方就会立即索要超高的损坏赔偿。年轻人，请引以为戒，没有任何借口让你可以在终点线前优柔寡断、犹豫不前。"

省长话题一转,又谈到了次年夏天即将在赫尔辛基举办的奥林匹克运动会。他表示,相信镇上的男女运动员们定会前往参赛,并会身披金银奖牌载誉归来,凯旋拉普兰。

省长发完言,比赛便开始了。农场帮工罗诺拉挪到胡图宁身边,用肢体语言表示,他也想观看比赛。尽管胡图宁不喜欢这人,却仍在窗边给他留出了位置。悲催的临时司事感激不已,伸头观看底下正在进行中的投掷类项目比赛。一名来自坎托湖的选手正在标枪比赛中做着助跑运动。他一把投出标枪,只见那标枪轻轻松松毫不费力地飞入了省长所在的席位区域。此人立刻被取消了参赛资格,虽然论成绩,他处于领先位置。

撑杆跳高的选手们使用的是时兴的竹质杆。胡图宁非常期待选手们取得突出的比赛成绩,不过令他感到失望的是,获胜者只跃过了11.3英尺的高度。当获胜者接过颁发给他的纪念勺时,站在楼顶的胡图宁忍不住向下大喝一声:"大蠢货!"

喊声在运动场上回响。众人包括贵宾们都抬头望天,疑惑着怎会有声音从天上传来。恰好有几只丑陋的乌鸦从教堂院落那边飞来,一边扑扇着翅膀划过人们的头顶上方的天空,一边发出恶狠狠的叫声。省长和观众们又把注意力集中到赛事上。

胡图宁兴致勃勃地观看着400米跨栏跑的比赛。只有三人参赛,另有一名《北方新闻》的摄影记者,正一边紧跟着运动员们的步伐,一边按动着快门,身上穿的雨衣随行动不住翻飞。胡图宁真心觉得，要是记者参加这场竞争激烈的比赛的话，一定会是冠军。现实中的获胜者在跨越最后一道栏杆时，不慎将膝盖重重地撞在了栏杆上，人们不得不把他送到了贵宾区，接受埃尔维宁医生的诊治。埃尔维宁朝省长毕恭毕敬地鞠了一躬，随后扯下赛跑者的运动裤，朝他膝盖位置啪地拍去。一声惨叫刺破周遭。

胡图宁和罗诺拉从头至尾看完了锦标赛。胡图宁将望远镜的镜头在获胜者和园艺顾问莎奈玛·凯拉莫之间不停转换，看女人金色的秀发在夏末的微风里轻摇，直看得神魂颠倒。

第三十三章

省长例行完公事,受邀去警长雅蒂拉家做客。为了接待贵宾,凯米河旁的桑拿房被烧得火热,游廊上布置着便餐轻食,还有咖啡相佐。除了警长,随行列席的还有医生埃尔维宁、牧师、地区理事会主席以及银行经理胡夫塔莫伊宁。学校教员不在邀请之列,不过维塔瓦拉倒是在场,毕竟他拥有大量土地,且他因为朝鲜的局势而发了横财。

他们的话题涉及朝鲜战争、奥运会、战争赔偿、拉普兰的工业化、伐木业的铺开,最后聊到了公有土地。

"我们的人民会重新振作起来的。"随着他自己的慷慨陈词,省长从凯米河冰冷的河水中赤身裸体一跃而出。

贵宾们蒸完桑拿,聚在警长家的客厅里,他们打开一瓶法国白兰地,相互祝着酒喝了一轮。每人只饮了一杯,因为省长为人节制,真是不幸。

"有传言……"省长开口道,"传到了罗瓦涅米,说是你们这里出了个疯子,拒绝老老实实被送往奥卢精神病院接受治疗。他们说他最喜欢在晚上大吼大叫来娱乐消遣。"

警长清了清喉咙，为了淡化问题，他辩解说，哪里都有几个头脑不太灵光的人，每个村都有。

不过，酡红着脸、隐隐有些醉态的埃尔维宁和维塔瓦拉，为了让省长了解情况，详细描述了磨坊主胡图宁的种种行为。他们全面而细致地列举了他那些违法活动，并坚持说此人持有武器，相当危险，整个村庄谈之色变，却束手无策。

雅蒂拉想要尽量缩小此事的严重性，他强调说，这人实际上并不是危险分子，只是有些疯癫，痴痴傻傻的，不值得大家认真对待。

"最后分析下来，我认为磨坊主胡图宁就是个行为古怪的家伙……当然他的精神状态不大稳定，不过他不具危害性，是一个天性随和的人。"

然而省长对这种言论毫不耐烦。

"一个持有武器的精神障碍者，一个明显是危险分子的人物，被默许在我的管辖范围内逍遥法外，在森林里四处游走，这是坚决不可接受的。雅蒂拉警长！请务必升级你的搜索任务。此人必须送去医院，一刻不得耽搁。社会是给这种人特别留出了位置的。"

正在此时，从莱乌图山方向远远地传来了一声哀嚎。省长将客厅半开的窗户完全打开，以便听个仔细。他的脸上显出兴奋的神色。"是狼吗？这是狼的叫声吗？"

警长走过去，假意倾听了一阵，随后边关窗边说："是，自然是狼……一头独狼，一定是跨越边境过来的。这个季节的狼不具什么危害性。"

省长挡开了他试图关窗的手,说,这可是他头一回听见野外狼嚎。

"人生一大幸事啊!警长,给我再来一小杯白兰地,就这一杯!"

此时埃尔维宁恶狠狠地开口,打破了这开心一刻,他说:"这不是狼。我听得出自己病人的嗓音。那是胡图宁在山上嚎。"

"他一直是这么叫的,"维塔瓦拉附和道,"绝对是胡图宁,不是什么狼。雅蒂拉,你一定也听出来了。"

警长不得不承认,要是听得再仔细点,好吧,那确有可能是胡图宁的叫声。

省长勃然大怒。简直难以置信:竟然让那人肆无忌惮地恐吓乡里,不受任何制裁。何不立即前去将他缉拿归案?

警长解释道,要待霜降后,泥泞的湿地变得硬实些,才有望寻到磨坊主的踪影。还需大量的人手,训练有素的警犬,另外也要幸运女神的眷顾,或可成就此事。镇上仅备了一名警官,也就是波尔蒂莫,他办事不力,已让那前磨坊主逃脱了数次之多。因此目前来看,也只得对胡图宁的吼叫行为听之任之了。到了秋天开始降雪之时,警长保证说,会给那人的疯狂举动画上句号。但现下是无能为力的。

省长却持不同意见。

"我会派罗瓦涅米边境师的轻步兵团来你处支援。我保证他们很快就会把那疯子从树林里揪出来。雅蒂拉警长，如果你缺乏人手和警犬，我会亲自过问此事。"

窗终于关上了。仆人给省长倒了咖啡，警长雅蒂拉回到座位坐了下来，整个人怒气冲冲。就在刚才，他的行事方法被狠批了一顿，都拜那大嘴医生埃尔维宁所赐，还有那蠢货维塔瓦拉……当然那恶魔化身，胡图宁，也难辞其咎。

缓了一阵，警长向省长提议说，不如跟磨坊主贡纳尔·胡图宁展开和谈，设法与他达成协议。

"难道我们就不能给予那人一个类似赦免的机会吗？我们可以传话给他，告诉他我们欢迎他走出丛林，对他曾经犯过的错误，一概既往不咎，我们甚至可以不把他直接送去医院……我相信，一旦他回到文明社会，就会恢复神智平静下来的。到时我们可以向他提出要求，请他写一份书面保证，让他发誓往后在村民们的听力范围内不再嚎叫了。我们的乡村顾问表示，她与那人尚有联系。最后我们可以向大众隐瞒这一不愉快的事件。"

省长考虑了一番，认为这样不妥。

"不行，这么做是绝无可能的。我们可以赦免一名犯罪分子，这不是什么问题，但是我们怎么可能对一个疯子采取同样的举措呢？这超出了官方的权限范围。现在情况很清楚了：此人必须立即移交精神病院，那才是他的归宿。我不会允许在我的管辖范围内，有人在树林里那样吼叫。"

正在这时，走廊里传来一阵嘈杂声。女仆进来报告说，一个叫做罗诺拉的人来见警长,说是有话要说。警长起身来到走廊,听这农场帮工有何情况需要报告。喧哗声传进客厅,言语里不时提到一个人名,省长辨别出那是藏匿者胡图宁的名字。他将警长和那农场帮工召唤进来。

"年轻人,关于这个叫胡图宁的,跟我们说说你了解的情况。"

鞠躬行礼后,罗诺拉开口道,他代替告病在家的教堂司事,在教堂打杂。

"他得了肺气肿,起不来床了,吃的药不管用,钱又不多,不够去……去看别的医生的,只……只够去看埃……埃尔维宁医生的。"

"说重点,罗诺拉,"埃尔维宁厉声打断,"省长对教堂司事破破烂烂的肺部可没什么兴趣。"

罗诺拉于是说,那日上午,他去教堂钟楼顶上敲钟,胡图宁潜伏在那里候着他。

"昆纳里把我敲晕了,把我绑了起来,我逃跑不了,也叫不出声。然后他自己就在那儿敲钟了,晨祷仪式结束以后,我们看了田径比赛,还见着省长了呢,先生。"

罗诺拉说,胡图宁将他拘禁了整整一日。两人待在钟楼,直到晚上。之后隐士将他关进了教堂地窖。这农场帮工刚刚才设法通过窗户逃脱。

"我就知道这么多了。"

众人将他遣走。门一关上,省长就严厉地说:"那疯子真是厚颜无耻，目中无人，对待这样的人，必须立即将他逮捕，不得延误，如有必要，调遣部队支援。谁能想到比这更可恨、更忤逆的行为吗：一个疯子，去耶和华的殿里敲钟！"

省长再次打开客厅的窗户。所有人都不敢出声，只得默默听他咒骂。然而此时，莱乌图山却恢复了宁静。胡图宁已然往凯米河西岸挺进，踏上了返回营地的路途。

第三十四章

几日后，沙洲营迎来了营主的一位旧相识：哈波拉。当时胡图宁正躺在棚屋里翻阅着两位凯蒂拉撰写的市场营销技巧指南，突然屋顶上栖着的几只松鸦飞了起来，引起了他的注意。隐士放下书本，拿起步枪，静待着入侵者的闯入。当他认出来人是曾经的病友，不禁大叫出声："你怎么那么快就来啦？"

"不记得啦？是你自己写信给我的嘛。这一趟把我给跑得，你现在住得可真他妈够远的！不过你路指得挺清楚，就是找那邮箱费了点劲。"

哈波拉看起来兴高采烈、精神矍铄。他上身穿一件簇新的皮夹克，下身套一条斜纹棉布束腿裤，脚蹬一双崭新的长筒靴。胡图宁烧上一壶热水，切了些面包、熏肉招待客人。

一杯咖啡下肚，哈波拉谈起了正事。他告诉胡图宁，自己是两日之前离开奥卢的，晚上在凯米过的夜，之后去了苏考斯基的磨坊。

"昨天还有今天，我在你磨坊里转了几圈，到处看了看。"

"然后呢？你觉得怎样？看起来不错吧？"胡图宁急切地问。

哈波拉点点头，说第一眼看上去确实不错，看得出来整个磨坊刚刚油漆一新，水坝瞧着挺结实，水轮也能正常运作，驱动带的情况不清楚。胡图宁说，春天的时候，他订购过一条新磨盘驱动带，目前滞留在火车站，凯米五金店寄来过账单，付了账就会发货。

"磨坊的事我是不太懂行，"哈波拉接着说，"不过饲料磨盘比面粉磨盘看起来新一些。你应该知道，饲料磨盘这玩意儿不是什么划算东西。"

"不用担心，那副面粉磨盘还能用上几年的。"胡图宁坚持说。

"磨坊的主要问题是，楼基的原木被虫蛀得厉害。南边至少有三根需要换掉。引水槽一头还有老鼠。我用小刀割了割那些原木，刀刃陷进去这么深，可能比这还深点。"哈波拉张开左手拇指和食指比划着。

胡图宁承认确有问题，说两年内靠近水轮那一边的两层原木的确需要更换，不过磨坊是以柱体支撑的腾空建筑，更换原木不成问题。

"只需要把屋基撬起来一点，把烂木头敲出来，把新的敲进去，再把屋体放下来，嵌好位置就行了，雇个木工做，也就一两天的工夫。"

"这么做是可以，不过成本就上升了，而且别忘了，基本上我对磨坊是没有需求的，我又从没做过谷物粮食方面的生意。"

尽管嘴上这么说，哈波拉还是出了价，叫价很低，数目只够买一座小木屋、两三匹马，外加马具和犁的。不过胡图宁却无法拒绝，在这深山老林中，也没什么别的买家了，要不到好价钱是正常的。于是两人相互握了握手，交易就算谈成了。哈波拉许诺，等律师认可了两人的交易，他就把钱寄过来。又说他来负责订立文书，一回到村里就马上着手进行。

"我认识一位凯米的律师。我本人是很信任你的，不过还是得把房贷的事捋一遍。"哈波拉解释道，他看起来对自己首次购置磨坊一事感到十分愉快。

两人接着谈起了过往同在医院时的生活。胡图宁问哈波拉，这次是怎么出来的，他是怎么跟院方谈的。哈波拉表情凝重了起来。

"基督啊！我在那地方浪费了好多年。过去五年我在里头待得毫无意义。"哈波拉将自己的经历一五一十地告诉了胡图宁。眼看患上精神病就快满十年了，他直接跑去见了医生，说他自认健康状况非常良好。起初没有人相信他的言论，不过最后，他向院方坦言自己在院里院外过着双重生活，医务人员这才不得不面对事实。尽管不情愿，院方还是宣告他已恢复正常。不过，办理出院手续的时候，院方却给他强加了条件。

"那群蠢货实在动不出什么歪脑筋，就找来了医院主管。那人说，医院不得免费收治健康人士。然后他把一张账单甩到我脸上，上头是五年来的住院费用明细，他跟我说，要是我不付清这笔数目，就不让我出院。他们把我单独关了禁闭，威胁说，要是我不把钱吐出来就给我穿精神病约束衣。"

哈波拉问,他们有什么权力强迫他付这五年的住院费用,也就是伙食费和住宿费。他得到的答案是,要不是法律对他前五年里接受住院治疗的服务有所限定的话,他们原本可以要求他支付整个十年的费用的。这么一来哈波拉只得付给医院那笔治疗费用了。

"简直是抢劫。那主管真是个利欲熏心的家伙,一个彻头彻尾的吸血鬼!伙食套餐收的差不多是餐馆价,什么套餐呢?也就是每天一顿午饭、一顿晚饭,外加每人一次免费治疗。还有那病房!好像这五年我是住在某家宾馆里休闲似的!而且我还得一次性付清这笔钱。我一出院就直奔律师楼准备起诉他们,这个冬天就要开庭了。不过还是得付这笔费用,所以我就只好交钱了。"

哈波拉对此恨得咬牙切齿,他问胡图宁,是否还记得医院里供应的那种食物。

"我吃那烂糊吃了十年。你大概不喜欢,不过我可是吃了个饱,下了血本了,我的神啊!"

"说真的,那东西不怎么好吃。"胡图宁承认道。他记得这种医院里供应的主食:稠稠的一团燕麦粥,用的是牲口吃的下等燕麦,通常上桌的时候已经是冷冰冰的了,要是在碗里发现一整副胡子都不是什么稀奇事。

"公共机构就是这么糊弄人的,"哈波拉发着牢骚,"好在朝鲜战争还在打。我卖了基明基那儿的四十英亩林地,用这笔收入付了医院账单。剩下的钱足够帮你一把,把你的磨坊买下来了。我在卡亚尼找到下家,毕竟我买磨坊又不是为了把它空关着不管。"

胡图宁又问到那些同室病友的情况。

"都还那样,"哈波拉说完摇了摇头,"除了拉考宁,七月初的时候,他死了。就是那个整天坐在同一个地方皱着眉头一动不动的家伙。有一天他身子一歪,就这么死了,没有留下只字片语。没几天又送进来一个疯子,这个疯子成天乐呵呵,见到什么都傻笑。你还记得那个瘦瘦的男孩吗?你逃跑以后他很难受,可怜的孩子。一连几个星期都在问你什么时候回去。哦对了,还记得那个整天吵吵嚷嚷的女清洁工吗?她被调去女病区了,她一到那儿就开始像从前那样埋怨,结果女疯子们抓住她狠狠揍了一顿,把她的一条腿都打折了,现在她跟女执事们在一处。这次把她的腿伤得很厉害,估计要过了圣诞节她才能回去继续上班。男病区新来了个清洁工,男的,一把懒骨头。他倒是不出声,但是也不干活儿。"

"医生怎么样了?"

哈波拉说,当值的那位医生还是喜欢没事擦他的眼镜,跟从前一模一样。

"我跑去跟他说,我很正常、很健康,把他气得要命,朝着我大喊大叫,护工来了他才安静下来,因为护工吓他说,再不消停就给他穿约束衣。他特别想不开,我想你应该可以理解,要是你花了十年时间治疗一个你认为是疯子的病人，然后有一天他跑来跟你说'我走了，再见'，你也得生气。"

"那医生自己有病。"

"还用你说？他是全国上下脑子最他妈不正常的医生。"

胡图宁带着哈波拉在营地里转了一圈，给他看了自己从埃尔维宁那儿取来的东西，还有那把步枪和毕蒂斯雅尔维的蒸馏酿酒设备。他讲述了这些日子以来自己是如何度日的。他说，这种日子开头并不坏，不过长远来看，隐居生活过不了很久。野外的冬天，生存会很困难。而且下雪后，警方很容易找到营地。胡图宁说，他在考虑要不要往密林深处去建造一所棚屋，当然先决条件是得先解决了经济问题。

"野外生活很艰苦。"

胡图宁说，他已开始学习商务，并给哈波拉看了自己的函授课程作业，又对他讲了些商务术语。哈波拉认真地倾听着。

"如果你不是暂时的、官方认定的精神病人，我俩倒是可以组一对好搭档。我自己没有从商的经验，不过对于批发业很感兴趣。你先上着这函授课程，咱们看看情况。将来我们可以在奥卢或者凯米开一个批发行。我可以出门拜访客户，你呢，就做好文书工作、管理日常运营。"

胡图宁拿了些腌鳟鱼给哈波拉吃。饭后，他陪着访客走到了主路。分别时，两人握着手，久久不愿离去。

"过两天我给你写信，告诉你买卖磨坊的进程。合同一签好，你就能拿到钱了,我向你百分之一百地保证。"

胡图宁心满意足地回到营地,他很久都没感觉这么安心了。几个月来,这是他第一次清晰地看到未来。钱财即将入账,学习稳步向前……或许他很快就能带着莎奈玛·凯拉莫离开芬兰,开始新生活了!

第三十五章

一周以后,毕蒂斯雅尔维再一次来到了沙洲营,带来了邮件和蔬菜。园艺顾问莎奈玛·凯拉莫又写来了信,信中劝说胡图宁别再呼啸出声了,因为她听说,要是他再继续乱吼乱叫、攻击民众的话,省长就会下令出兵抓捕他。信末,她表达了自己对胡图宁的痴爱,并强烈要求他不要放弃对商务的研习。她还敦促他,把毕蒂斯雅尔维带去的蔬菜烤好了拌在生菜沙拉里一起吃。

还有一封重要的邮件,来自哈波拉。胡图宁兴高采烈地把信打开,心想,一定是买卖做成了,如今他只需签字收钱便万事大吉了。

可是待隐士读完哈波拉写来的短信,失望的情绪毫不留情地攫住了他。房地产开发商宣称哈波拉无法购买磨坊,因为磨坊已被社区的社会服务单位没收了。胡图宁被认定为无行为能力人,既无资格售卖名下房产,也不可将其抵押获取贷款。

在此条件下,这宗买卖不得成交。你争取取消禁令,我再来买你的磨坊。照顾好你自己。哈波拉胡图宁一把抓来步枪，把枪筒塞进嘴里，意欲当场自尽。毕蒂斯雅尔维见此情景，急忙安抚道，在这个节骨眼上你要是自杀了就太傻了。

"你的这种行为正中村里那帮家伙的下怀。"

胡图宁品味着邮差的话；他说得对。

"我去把那该死的磨坊给烧了，一了百了！"

他把步枪甩到肩上，还没等喘上气，就直冲村子而去。毕蒂斯雅尔维连忙跟上，但在穿越剖割山下沼泽地的时候，蹚至半途还是被胡图宁甩在了身后。隐士的身影消失在树林里。要是胡图宁以这样的状态出现在村庄里的话，必定会引起一片混乱，毕蒂斯雅尔维心下担忧。何况他还背着枪……

正值下午，胡图宁艰难地前进着，每踏出一步，脚就深深陷入泥沼中，他马不停蹄朝大路奔去，泥浆在双脚下翻飞喷溅。他冲过了火车站，划着船渡过了凯米河，直朝着苏考斯基磨坊狂奔而去，一路上他不停把手伸向与他擦肩而过的一棵棵桦树，把树皮大片大片地撕扯下来。当他终于到达磨坊，已是大汗淋漓，浑身上下如水洗一般。他把钉住前门的木板一块块掰下，弄得铁钉四处乱飞，接着他直奔楼上的卧室。

他从炉边的橱柜里取出一大把干柴，抽出小刀一顿猛砍，很快弄出一堆小木条。他把木条和剩下的木柴一起带到楼下，准备在磨盘间的地板上生火。他将木柴支作一堆，把树皮和小木条塞进缝隙里，从口袋里取出一包火柴。他擦亮了一根火柴，但是他情绪太过激动，双手因愤怒而不停颤动，以至于熄灭了火柴上那一簇小火苗。

胡图宁举目四望，磨坊里的物品，每一件都是那样熟悉，那样宽慰人心：墙壁、家具、料斗、面仓。满屋的物件似乎都在向主人求饶：别把我们烧了！胡图宁没再擦亮火柴。他把柴火木条树皮统统抱起来，整了整肩上背着的枪，走出了磨坊。他把那一堆引火物捆在了自行车后座架上，随后跳上鞍座，如同一个赴战的轻步兵般疾行而去。

"全能的主啊，我要去一把火烧了全村。"他咆哮道。隐士踩着车，往村正中进发，枪托砸着车架，一路咔哒而去。维塔瓦拉的农庄、西波宁的农庄、村里的商店——都被他一一驰过。经过商店的时候，胡图宁放慢了车速，心里思忖着，不如就在特尔伏拉的地盘点火，不过他转念一想，又觉得目标太过渺小，一点也满足不了他的复仇心。胡图宁脚下不停，直驰到了消防站。或许他可以将这里作为行动的起点。此时他瞥见了墓地边高耸的新教堂，这座全镇最为雄伟的丰碑式建筑给了他新的启示。

就烧了它，给他们个教训！

胡图宁骑着车穿过教堂前院，来到了大门外。那里空无一人，门却开着。他带着引火物品走了进去，在圣坛前的中殿开始生火。他蹲下身来摆弄那一堆木柴，枪托随着他的下蹲动作砸在地上，发出了响声,声音在空旷的教堂里回荡。

木柴木条树皮都摆好了,胡图宁起身一边在口袋里掏着火柴,一边扫视着巨大的教堂,表情充满着愤怒和仇恨。此时圣坛后挂着的一幅耶稣受难画吸引了他的目光,胡图宁朝着画像挥了挥拳头。

"你个笨蛋,傻瓜!为什么要弄疯了我?"

圣像里的基督似乎正注视着胡图宁的双目。这位救世主原本因受难而痛苦的表情起了变化,先是吃惊,继而发笑,最终露出包容的神色。他开口说起话来。宽敞的中殿里回响着基督对隐士的言语:"胡图宁,不要说出亵渎的话。你的心智大体上并不比其他人更为失常。你在教育学院函授课程的作业中取得了好成绩。你比维塔瓦拉和西波宁两人加起来还要聪明,而且也比教区牧师聪明得多,虽然这个牧师上过大学。我一直痛恨这个牧师,他是个彻头彻尾的废物,一个讨人嫌的牧师。"

胡图宁听着,不禁张大了嘴。他是真的疯了吗?还是这圣像确实在对他说话?耶稣接着说,声音温柔而清晰。

"胡图宁,要知道我们每一个人都背负着各自的十字架,如同你,如同我,无一幸免。"

胡图宁鼓起勇气反驳耶稣。

"但是我的情况也太糟了点!被人整整追捕了六个月!一连好几个星期在树林里冻得瑟瑟发抖,他们还曾强行把我押去奥卢精神病院……难道我就不能少受点这种苦吗?"

耶稣点点头，表示理解，随后谈起了自己的不幸。

"跟我遭受的苦难相比，胡图宁，你的遭遇并不是那么严重。"基督回忆起过往，面色变得凝重。

"我的一生都在遭受迫害……最后，那些迫害我的人把我活生生钉在了十字架上。胡图宁，我不得不百般地受苦。你无法想象手心脚心被五英寸长的铜钉穿过的痛苦滋味。他们还把一顶荆棘编织的头冠硬戴在我头上，然后把十字架竖了起来。以那个样子被挂在那里是最糟糕的事。如若不是亲身经历，没有人能体会那种痛苦。"

耶稣神情严肃地望着胡图宁。

"我是一个饱受痛苦的人。"

胡图宁将眼光从圣像上调开，玩弄着手中的火柴。他真的不知道该对耶稣说些什么。

"不过要是你决心已定，要将这教堂付之一炬，"耶稣又开口说道，"我不会反对，反正我对这教堂也从未生出过许多喜爱之情。我更喜欢山坡上的那座旧教堂。是狂妄心驱使人们建造了这座新教堂。不过请别在圣坛前方生火，去圣器收藏室，或者是前厅附近，在那里火势会蔓延得更好，因为整座教堂都很干燥。还有，你能把枪拿走吗？抱着木柴背着枪进来这里，不是十分妥当，毕竟你身处的是神圣的所在。"

胡图宁略微有些尴尬，他屈膝跪在基督像前将圣坛前的柴火堆抱起来，转身去了前厅。在那里，他迅速点着了火。木条和树皮快活地燃烧成了火焰。前厅和中殿里浓烟滚滚。

入口处烟雾遮蔽了一切，胡图宁不得不打开教堂门，撤到了中殿里去，他坐在长凳上，揉着双眼。没想到小小一堆火会产生如此多的烟雾；一定是没有风的缘故。

一股浓烟夺门而出，飘荡在墓地上空，随即飘过了消防站的塔楼，往村中慢慢飞去。第一批消防员闻讯赶来，手里拎着水桶，一路哐啷作响。与此同时，胡图宁回到了门厅，试图将火势弄得更大。他对着余烬吹气，好让小火苗再度燃起；新的火焰窜高了，浓烟不断，把他逼回中殿。

他能听见赶来灭火的人在门外大声喊叫。人们朝火上浇水，导致教堂里的烟雾越来越浓。烈火遇水，发出嘶嘶声，火势渐弱。胡图宁目光所及，并没见到消防员的身影，不过根据人们的呼喊声判断，现场来了不少消防员。他必须得想办法脱身了；面对这样大的人群，他可占不了什么上风。胡图宁深吸了一口气，奔进了教堂的前厅，跃过仍在吐着火星的灰烬堆，冲到了户外，他身上背着枪，双手捂着泪流不止的双眼。旁观者们惊呆了，纷纷让出路来。很快，他便恢复视力，在墓园里穿梭奔逃。他跃过坟墓，翻过绿篱，消失在密林之中。

警长雅蒂拉到达了现场，证实大火已被扑灭。当他得知是逃匿人员页纳尔·胡图宁纵火焚烧教堂，便立刻用不容争辩的口气说道："明日一早，开始集合大量人员，组织抓捕队伍。我将致电罗瓦涅米，请求部队及军犬支援。"

第三十六章

某日上午，火车站出现了一列本地罕见的货运列车。列车后部是一辆牲畜运输车，打开运输车的双开门，只见车内是半支轻步兵分队——隶属自行车骑行师——头戴盔帽的士兵们迅速从车内跃下，在站台上集合。队伍随行携带着一顶军用帐篷、一间野战厨房，外加两条军犬，每名士兵还配有一把冲锋手枪。在几名中士下达命令的高喝声中，士兵们排成了一行。指挥官，一名年轻而粗暴的中尉，向警长雅蒂拉示意，人员已经到达。

"战士们，欢迎欢迎！"雅蒂拉说道，"一项危险而困难的任务正等着你们，但是我对你们信心十足，你们的军犬更让我相信，此番出击，一定胜券在握。"

警长给中尉递上一支烟。那几名中士下令，让队伍以行军顺序集合完毕；在各种嘈杂声中，部队往渡口行进而去。维塔瓦拉的马被拴在野战厨房旁，军犬及中尉上了警长的车。为了安全起见，军犬们都戴着口套；这两只阿尔萨斯犬皮毛厚实，凶神恶煞般焦躁不安。中尉抚摸着一只军犬，自豪地告诉警长："这只军犬叫作前线煞星，那一只是白鼻头。这两个家伙遇事可不会闹着玩。"

过河登陆,士兵们行至体育场,那里站着一群平民,扛着步枪,背着背包,围作一堆。如果算上围观的女人和孩童,人数甚至比那次全省田径锦标赛的列席观众还多。

警长通过扩音喇叭下达命令。补给品和地图已散发下去,农民们也已十人一队分组完毕。日头正盛,气候宜人,正是展开大规模行动的好时机。农民们都领到了弹药;边防兵们也给各自的冲锋手枪装填好了子弹。

"这次行动难度很大啊。"一名步兵说道。

"我倒更喜欢搜捕行动,总比去扑林火好。"一旁的同伴答道,"去年夏天,我们在纳尔考斯花了整整两个星期时间才扑灭一场火灾。最后我们每个人的脸上都积了一层烟灰,足有一英寸厚。"

"打仗的时候,我被派去追捕两三个敌军间谍,他们靠着降落伞潜到我们防线里来了。抓捕那个疯子应该是类似的行动吧。"

"还好他们给我们配备了头盔,"另一名战士说道,"据说那人有一把步枪。除非他能一枪击中面部,不然头盔一下就能把子弹弹开。"

中尉令属下噤声,命众人认真倾听警长的指令。雅蒂拉正发表结语。

"在此重申一遍,我们搜捕的这个人拥有武装,是个极其危险的人物。如果第一次下令,他不投降,只得采取武力制服。我想我的意思已经表达得很明白了。"

警长转向中尉。

"这话我只对你说……对于这个叫作胡图宁的,你可以当场将其射杀。"

"明白。"

搜寻队伍分成两支:二十余名平民被选派去凯米河以东的树林里进行细搜,其余多数人员摆渡回到对岸,在河西的林子里开始搜索。警长则在火车站设立了指挥室。

毕蒂斯雅尔维听说抓捕行动已如此展开,瞬间开始担心起自己的酿酒器来。他跳上自行车,赶在士兵前面骑车来到胡图宁的邮箱处,他先把自行车藏好,接着飞快地跑去救他的私酿酒,顺便给胡图宁通风报信。沙洲营里空无一人。他悄声呼唤着胡图宁的名字,但是无人应答。他猜隐士是到河边去捕鱼了,因为步枪和渔具都不在。

毕蒂斯雅尔维将蒸馏酿酒器拆卸开来,把缸桶和水管藏在几棵高黑杉的树根里,又把装着烈酒的搅乳器从水洼里拎出来,里头至少还有八品脱的佳酿。

毕蒂斯雅尔维在胡图宁的背包里留了一张字条。

胡图宁,追兵将至,速速逃命。

毕蒂斯雅尔维扛起装着酒液的搅乳器,背负着酒缸离开了营地。他计划赶在军队来此区域搜索之前回到安全的大路上。他得迅速行动，没时间抽烟了。他甚至几乎没有胆量从搅乳器里取几口酒喝。

这是那个夏天毕蒂斯雅尔维第二次被迫撤走酿酒设备了。第一次或许只是迫于压力不得不作出的匆忙反应，而这一次则可谓是真正的紧急状况了。他在翻腾的泥沼中快速穿行，飞奔着穿过密密的灌木丛，心中只有一个念头：要赶在树林里布满士兵之前穿过大路。

然而训练有素的边防兵很快在林间散开，长长的队伍静悄悄地在树丛间穿梭。邮差小老头浑身滴着汗，轻易就暴露了行踪。一条军犬发出一声短吠，差点将他撕成碎片，幸好训导员及时赶到，给狗上了口套，才将邮差从恶犬口下救出。

毕蒂斯雅尔维以及他的私酿酒被带到了设在火车站的警长指挥室。在那里雅蒂拉简单讯问了邮差，随后波尔蒂莫将他关进了牢房。烈酒被无情地倾倒在地，泪水涌出了邮差的双目。

那日下午，轻步兵们发现并捣毁了胡图宁的营地，他们把毕蒂斯雅尔维留下的字条送到了警长处。雅蒂拉立即赶去牢房，用他那把灌了铅的警棍将邮差结结实实好一顿殴打，任毕蒂斯雅尔维不停哭叫乞求，也毫不手软。警长要求他供出胡图宁的全部信息，但是那老家伙就是不屈从。手下拿来了隐士的信件——教育学院函授课程布置的作业、几封情书、哈波拉最近的来信。胡图宁是如何收取邮件的？尽管浑身上下伤痕累累，毕蒂斯雅尔维仍英勇不屈。

"你可以杀了我,但是我绝不会背叛朋友。"

他言出必行,虽则又遭到警长一顿毒打。雅蒂拉怒不可遏地冲出牢房,背后传来毕蒂斯雅尔维的吼声:"我绝不会对你这样的杂种玩意儿透露一点点邮政机密!"

警长传唤来莎奈玛·凯拉莫,对她进行了一轮密集的讯问。然而无论警长说什么,园艺顾问一概拒不承认,尽管警长威胁她说,连省长都对此表示出愤怒之情,再说整个脑心手健康联合会也是上上下下愤慨不已。莎奈玛·凯拉莫泪如雨下,求雅蒂拉对胡图宁网开一面,她说,如果胡图宁有机会为自己辩护,他一定会自愿从林中走出来的。警长例行公事对此做了记录,然后咬牙切齿,充满鄙夷地说:"你想不想听听,我对爱上疯子的女人有什么想法吗?她们比妓女都不如!"

在沙洲营,两条军犬被松开了牵引绳,它们摇着尾巴冲出去追寻隐士的踪迹,一路把士兵们带到了剖割山下溪流的上游。胡图宁留下的痕迹还很新鲜,两条阿尔萨斯犬兴奋万分,它们直冲向河边的灌丛,一穿而过,一路又是呜咽又是吠叫,全然不顾训导员发出的要求安静的指令。

胡图宁在剖割山下的溪边飞钓,旁边就是泥炭沼的边缘地带。他已经钓上来两三条河鳟,正想返回营地。他点了一支烟,呆望着缓缓流动的溪水,神情哀伤。溪水里流光溢彩。胡图宁想给莎奈玛·凯拉莫写一封信,向她倾诉最近的想法。如今他既无法出售磨坊,或许他该再向北行,在树林深处盖一所小屋,做过冬之用。

他需要劈点木头做一副滑雪板，箍几只木桶，摘些浆果，再打一对猎禽。或许作为越冬储备，烟熏一头麋鹿是上策。此时，隐士敏锐的听觉捕捉到下游某处传来的狗吠声。胡图宁侧耳倾听，辨别出几个男人刻意压低的嗓音。他举起望远镜，极目在对岸的沼泽地里扫视。渐渐弥漫开的暮色中，他看见一群身着灰色制服、头戴盔帽的士兵。有两条大型猎犬沿溪边奔跑，直朝他的方向冲来。隐士一下猜到，这些人和狗是为了追踪他而来。他立刻给步枪装上子弹，将渔具和渔获丢弃在了岸边，飞也似的奔逃到沼泽另一边的一处小山坡上。

两条军犬很快来到了胡图宁刚刚逃离的钓鱼地点。它们一下扑住地下躺着的两条鱼，把鱼撕得支离破碎。胡图宁瞄准其中一条狗，一枪射出去。这条军犬发出一声轻吠，倒地而亡。另一条狗撒开四足跃过沼泽，朝胡图宁匍匐着的山坡冲了过来。当这畜生奔到离胡图宁十五英尺开外的地方时，胡图宁又开了一枪。军犬的身子腾空翻了个跟头，遂侧身跌倒在地，来不及发出一丝声音。边防兵们列成几队攻上山坡，其中一人用冲锋手枪发了短短一梭子弹。

胡图宁以最快的速度往北边逃去。

想要活捉我？那你得是身强力壮的小伙子。

轻步兵们搜林搜了整晚，连胡图宁的影子都没捞着。第二日早晨，维塔瓦拉用雪橇把野战厨房拉进了沙洲营，士兵们在营地接受重新编组。农民和士兵支起了军用帐篷，精疲力竭的人们聚在里头用餐、补眠。

军犬的尸体被绑住了四肢，穿在一根棍子上。四个人被指派送狗回村。这疲乏不堪的四人小组来到了警长的指挥室，但听得警长指着军犬冷笑道："怎么？你们把这两具尸体扛回来，是想把它们埋去圣地吗？"

"你可别得了便宜还卖乖！"中尉发怒，"至少我们找到了那疯子的营地。"

中尉下令将军犬尸体就地掩埋。步兵们在火车站外靠近变电站的十字路口挖好了墓穴。当晚，坟墓附近拉斯蒂神父的农场上举办了一场祷告会，赞美诗的吟唱声直传到远方。中尉咒骂道："快去把那两条狗埋了，他们现在又在唱圣歌了，我的天，这什么乡巴佬地方啊？"

农场上，信徒宣教师莱斯凯拉正在做见证，同时为胡图宁祷告。

"可亲可爱的主啊，请以你应许的神速接纳前磨坊主胡图宁得你的照管，不然就即刻将他交到军队手中，以耶稣基督的身体和血液之名，阿门。"

第三十七章

士兵和镇上的男人们在树林里、沼泽上搜索，一连三天一无所获。此后农民们各自低调地回到家中，挂起枪，继续下田忙起了农活。边防兵们收起帐篷，连同野战厨房一起运回火车站，他们把装备重新装回牲畜运输车，又马不停蹄地把运输车连接在开往北部的货运列车上。随着汽笛的鸣响，蒸汽机车启动，军队就这样走了。

大搜捕结束了，只留下一座孤坟，立在火车站旁的十字路口，随岁月慢慢荒芜。土堆底下躺着两条英雄的军犬。那个秋天，小孩子们养成了一种习惯，他们会在每个周日来到坟前，唱锡安山的赞美诗，就像平日里莱斯凯拉宣教师在祷告会上带领他们唱的那样。

警长雅蒂拉每天都会去一次牢房，将毕蒂斯雅尔维殴打一番，不过也只是白费力气。那男人一身硬骨头，每次都英勇不屈地承受着棒打，坚持说邮政机密不可侵犯。

既然使用武力应对、运用人海战术都无法成功抓捕胡图宁，警长决定耍手段使诡计。他去了园艺顾问莎奈玛·凯拉莫的住处一趟，告诉她当局最终决定放那隐士走。不过，胡图宁仍首先需要从树林里走出来。

"我带你去监狱，请毕蒂斯雅尔维把特赦令送到胡图宁手里。我发誓，胡图宁的那些不端行为一定不会被追究。我们就小小地罚他一笔钱，仅此而已。"

警长给胡图宁写了一封信，顾问小姐也写了封短信，让他回村投降。过去会被原谅的。

警长拿着两封信，和顾问小姐一起前去劝说邮差，让他把信递出。

毕蒂斯雅尔维起初怀疑有诈，不过他见警长在赦免令上盖了警署的公章，又用蜡把信封好了，于是相信正义终于取胜了，因此答应把信送给胡图宁。但是他只愿孤身前往，不愿透露此行的目的地。

警长爽快地答应了。一大盆热气腾腾的炖猪肉汤立刻送进了毕蒂斯雅尔维的牢房，外加一包塞马湖牌香烟。饭后，按摩师阿西凯宁来了，他往邮差背上搽了些药剂，把那些警长用灌铅警棍砸出来的乌青块好好按摩了一番。黄昏时分，牢房的门打开了，毕蒂斯雅尔维被释放了出来，去完成警长交给他的任务。

警长机智地安排好了跟踪工作：他本人、农场帮工罗诺拉以及维塔瓦拉尾随着邮差到了火车站，再跟着那老家伙悄悄溜进了林子，直往胡图宁的邮箱而去。毕蒂斯雅尔维不断回头查看，确保四周别无他人，然而尽管如此，他还是没注意到有人跟踪。于是他一路向前，把信投进了信箱，随后信步往大路走去。

可当他一暴露信箱的所在，就被逮捕住，不经任何审讯就被重新投入了牢房。他的反抗徒劳无功，但他这次至少躲过了殴打，因为警长正匆忙就位，准备开展抓捕行动。

雅蒂拉和村民们在信箱边蹲守，整整一天半过去了，对象才入圈套。饥饿难耐的胡图宁最终于凌晨五点出现，他来查看邮箱里的邮件。农场帮工罗诺拉正在站岗，他立刻跑去将情况通报警长。

胡图宁警惕地靠近邮箱，但当他确信四周无人时，便大胆起来，直接上前查看。他将警长和顾问的来信反复读了几遍。当他明白过来信里提供的是一个异常美妙的机会时，所有的焦虑瞬间消失了。尽管疲乏到极点，他依然能感觉到重燃的希望、新生的力量在他的血液里流淌。猎物已入了圈套。现在，伏击守候的猎人们可以行动了。

胡图宁把信塞进口袋，走向十字路口，踏上了通往轮渡的路。然而还没等他走出几步，追踪者们便从道路两边冲出来突袭。胡图宁措手不及，被众人撂倒在地，双手双脚被人以迅雷不及掩耳之势捆绑了起来。警长举起警棍重重地击打在他背部，手起棍落，啪啪几下，直打得他的肩胛骨嘎嘎作响。维塔瓦拉拉来了马车，路上骤然回荡起老骟马哒哒的马蹄声。马车朝渡口驶去。

胡图宁被缚在马车里，警长就在一边，维塔瓦拉坐在他身上。他们来到了栈桥旁，老骟马被驱使得太狠，已是气喘吁吁、口吐白沫。胡图宁一声不吭,纹丝不动,就这样躺在车斗里,呆望着天空,神情哀伤。

隐士被抓的消息已经传到了河对岸的村里。当渡船靠了码头,黑压压的人群已然等在那里。人们卸下了心里的负担,喜气洋洋,这会儿只紧紧盯着马车里的猎物。他们问胡图宁,还想不想叫了?还想着去敲钟吗?现在是又来教堂放火吗?还是再跑去抢一次银行?这次带着马来了啊?

学校教员坦胡马基带来了照相机。骟马被勒停了以便照相。教员从人群中挤出来,叫雅蒂拉拿着缰绳,这样他可以把马、警长、马车照在一张照片里,就以那马车上拉的货作为背景。胡图宁把脸转了过去,但是罗诺拉按着他脑袋扭了回来。快门一响,胡图宁闭上了双目。照完相后,警长把缰绳递还给维塔瓦拉,维塔瓦拉接过缰绳,抽打起骟马的后臀,隐士被拉去了火车站。警长下令让警官波尔蒂莫与他们一同去牢房。胡图宁被按坐在牢房里的水泥凳上,旁边坐着波尔蒂莫。警长用手铐把警官的左手同隐士的右手铐在了一起,之后才给那牢犯松绑。警长走出牢房,留下波尔蒂莫和胡图宁两手相连坐在一处。雅蒂拉把眼睛凑近门上的窥视孔,对警官说:"你待那儿,看住那疯子。"

窥视孔的盖子啪的一声合上;警长的脚步声沿走廊渐渐消失。

牢房里只剩下波尔蒂莫和胡图宁两人了。警官悲哀地说:"你到底还是上这儿来了,昆纳里。"

"难免有意外。"胡图宁答道。

次日上午，警长把牢犯连同他的看守一起带到了办公室。西波宁、维塔瓦拉以及埃尔维宁也在场。雅蒂拉将一封埃尔维宁写给奥卢精神病院的信件交给波尔蒂莫，同时递给他几张乘坐火车使用的出差代金券。波尔蒂莫接过东西，忍不住说道："就算是警长，也应该遵守承诺。把昆纳里交还奥卢，这不公平。"

"哦，闭嘴吧！对疯子作出的承诺，警方不受其约束。给我关紧你的嘴。火车十一点就开了；我们会先给胡图宁搞些吃的。你们俩路上都得待在检票员的车厢里。波尔蒂莫，这个人现在就是你的责任了。"

埃尔维宁看着胡图宁，神情讥讽。

"这个夏天可真长啊，胡图宁，也够有意思的，不过现在一切都结束了。作为一名医生，我可以肯定地告诉你，你没机会再来镇上兴风作浪、愚弄群众了。这封信我是这么写的，此人身患精神疾病，不可治愈，余生皆当如此。你的吼叫到头了，胡图宁。"

胡图宁骤然发出一声巨吼，他露出森森白牙，勾着脖子，双耳紧贴头颅，一副恫吓的姿态，在场的农民以及那医生被惊得连连退步，警长也吓得从办公桌抽屉里掏出了手枪。隐士的喉咙里继续发出闷吼，牙齿泛着光亮。波尔蒂莫使出浑身解数，好不容易渐渐把朋友安抚下来。胡图宁又接着嘶吼了好一阵子，如同一头困在巢穴里的孤狼，眼里藏着怒火，隐而不发。

隐士和警官被押进汽车，载到波尔蒂莫家，在那里，胡图宁吃到了最后一餐。波尔蒂莫的妻子烤了几条鱼，加了新鲜酪乳，在热乎的大麦面包上裹了糖霜,桌上还摆着上佳的黄油。至于甜点,是几张松饼。胡图宁和波尔蒂莫肩并肩坐着,一人用左手吃,另一人用右手。警长急不可耐地监督着两人用餐的进程。

"快点吃完啊。给一个疯牢犯还弄什么松饼?想什么呢?真的不必搞那么麻烦。这俩不可以错过火车的。我们必须尽快解决问题,越快越好。"

此时园艺顾问莎奈玛·凯拉莫走了进来。看得出来她哭了整晚。她径直走到胡图宁身边,一言不发,把手搭在了他的肩膀上。随后她转头看向警长,声音嘶哑地说:"我竟信了这背信弃义的人,是有多傻。"

警长一时尴尬,摆出官架咳了几声,接着又开始催那两人。波尔蒂莫和胡图宁从桌边起身,胡图宁用左手紧紧握了握莎奈玛的手,又凝视了她的双眼,这才跟着波尔蒂莫走出门去。

门外,警官同妻子告了别,随后带着胡图宁来到棚屋前,吹响口哨引来了他的狗。这头灰色狐犬冲着主人叫个不停,蹿起来舔他的脸。因着手铐的关系,胡图宁被迫跟着弯腰,也受了这狗一顿好舔。

"神啊,现在他们又跟个狗道别了。"警长抱怨道,简直急不可耐。

波尔蒂莫和胡图宁被押上了汽车,车门被大力甩上,车朝着渡口驶去,那里已经聚集了一批人,他们骑着自行车疾驰而来,拥在火车站里期待着。全镇的人都想亲眼目睹胡图宁被押上火车,踏上最后一次去往奥卢的旅途。

警长问站长，火车是否会准时抵达，得到了肯定的答复。

"那么火车为什么还没到呢？"雅蒂拉爆发出疑问。

"有些车次就是不那么准时的。"站长答道。

火车终于进站，笨重的蒸汽机车停了下来。胡图宁和波尔蒂莫被押着经过站台前往检票员的车厢。他们同时步入车厢。随着汽笛一声长鸣，火车开动了。胡图宁站在尚未合上的车门前，身后是警官波尔蒂莫的身影。火车经过站台上聚集的人群时，胡图宁突然张口，一声长啸直冲云天，直把火车汽笛声衬得黯然失色，仿佛只是些微弱的鸟的啁啾。车厢驰过，留下围观群众，被恐惧攫在了当场。门合上了。车轮擦着轨道，发出刺耳的声响：火车渐行渐远，消失在视线尽头。而直到车轮发出的隆隆声彻底远去，人们才纷纷四散离开。警官妻子不与众人为伍，由园艺顾问莎奈玛·凯拉莫搀扶着离开了车站，哭成了泪人。警长上了汽车，驶离了车站。站长卷起绿旗，自言自语道："倒比那送省长的人还多。"

第三十八章

流言很快传来，胡图宁和波尔蒂莫根本没有去到奥卢精神病院。警长雅蒂拉把两人的详细资料全国上下发了个遍，可一点消息也无，也不知这两人究竟是怎么了。连国际刑警组织也查不到这两人的下落。

秋天的时候，园艺顾问莎奈玛·凯拉莫搬去了警官波尔蒂莫的家，做了他妻子的房客。她们吃在一处，伙食总的来说非常不错，因着这两人都十分钟爱蔬菜，且能精打细算，安排很是妥当。毕蒂斯雅尔维丢了当邮差的工作，手上大把时间，就来帮忙，负责所有重活。

十月，波尔蒂莫的灰狐犬跑了……消失在了密林中。冬天，人们在莱乌图沼泽地发现了它的踪迹。但它却不是形单影只，有一头体型庞大的狼相伴在它左右，根据留下的痕迹判断，是头独公狼。下大霜的夜晚，那头狼的哀啸声便会从沼泽地那边传来，有时还掺杂着几声波尔蒂莫的狗的悲吠。

村里传说，那狼和狗经常在晚上进村，围着一所所屋子徘徊搜寻。人们都说，那园艺顾问和波尔蒂莫的老婆总是偷偷给它们吃的。

临近圣诞的时候，那两头畜生被人发现溜进了西波宁家的鸡舍，全部二十只鸡都被咬破了喉咙。

为了过待降节，维塔瓦拉宰了特为养肥的猪，挂在谷仓房梁上烫了猪皮、刮了猪毛，可是一夜之间，它凭空消失了。人们发现谷仓地上有一只狗和一头狼留下的新鲜痕迹。而那猪，确是失不可得了。

冬天，这两只长毛兽出现在莱乌图池塘的冰面上，令警长雅蒂拉和医生埃尔维宁吃惊不小。彼时两人正围着冰窟窿垂钓，突然一狼一狗从林中冲出来袭击他们。要不是想方设法爬上了池塘边的松树，两人定会命丧当场。那狼和狗在树下狂野地咆哮，把医生和警长整整困了三十六个小时。两头畜生吃光了两人背包里的食物，把两人的保温杯推下冰窟窿，沉入池塘。警长的右前臂冻伤了，医生则冻伤了鼻部。幸亏有位伐木工人路过，出于同情把他们营救下来，要不然两人定会死在那冰霜覆盖的松树上。

西波宁太太养成了每个礼拜天去教堂的习惯。由于她宣称自己全身瘫痪，雇工罗诺拉不得不每次驾上马，拉上雪橇送她去。这农妇靠着别人的帮忙，每次从雪橇被径直抬去教堂里的长凳，四仰八叉躺在凳上。她在前排占了多达五个人的位置，不过人人都很乐意施给这可怜的女人如此的恩惠，毕竟她连身上的肌肉都不能驱使一块。

一日，一头骨瘦如柴的狼和一只毛发蓬乱的狐犬在凯米河的冰面上攻击了正驶往教堂的马拉雪橇。马被惊得后退，把车辕给撞断了，雪橇翻倒在旁，雇工驾着骟马逃跑了，丢下肥硕的西波宁太太，四肢大开地躺在冰面上，任凭野兽处置。要不是她撒开那两条短腿拼命冲进了摆渡人的屋子里躲藏，她就活不了了。这可怜的瘫痪女人在凯米河冰面上飞奔，留下了道道痕迹，引来了全村人的围观，个个兴奋不已，啧啧称奇，尤其是那些田径运动爱好者们，更是对此叹为观止。

村里的男人们千方百计想要扑杀那一狼一狗，但是他们挖空了心思都抓不到这两头畜生。它们诡计多端，胆大包天，并且终日形影不离，这才是最令人无计可施的地方。相伴之下，这两头兽组成了野蛮可怖的一对搭档。一个个冰冷的夜晚，莱乌图山那边传来野狼阵阵凄惨的哀嚎，每当这时，人们就会说："在一定程度上，那时胡图宁的叫声可比这正常多了。"

法文版译者按

小说以"战争刚结束时"开篇,指的是第二次世界大战结束后不久。二战期间,芬兰和苏联之间爆发过两次战争。

一九三九年十一月,芬兰拒绝了苏联向其提出的将芬兰作为苏联保卫喀琅施塔得与列宁格勒之战略基地的要求,苏联因此轰炸了赫尔辛基。此为"冬季战争"的开端,战争持续了一百零五天,其间双方均损失惨重。拉多加湖以北战区以及奥卢至苏奥姆斯萨尔米战线上的军人们奋勇抗战,饶是如此,芬兰受《莫斯科条约》所迫,仍不得不将卡累利阿及拉普兰的部分地区割让给了苏联。

一九四一年六月,在同意为身处挪威作战的德国部队输送补给之后,芬兰顺势与第三帝国展开军事合作,共同抗击苏联,"延续战争"就此爆发。芬兰参战的主要目的是收复此前的失地,而一九四四年八月,德国国防军宣布撤退,如此一来,拉多加前线暴露,驱使芬兰不得不展开和平谈判。谈判之下,芬兰与苏联签订了休战协议,协议规定,芬兰须向苏联支付大量赔偿,同时恢复一九四〇年时的国境线,并与德国切断一切关系。

芬兰部队随后向驻扎在拉普兰的德军发起了突然袭击,在德军撤退的过程中,该地区遭到了系统破坏;直到一九四五年,该地区的战事才全面停止。

安·高兰·杜·代哈伊,一九九一年